청소년
고전 수업

10대에게 필요한 고전 속 지혜

청소년 고전 수업

사랑을 시작할 때

서울대 인문학연구원
고전매트릭스연구단 지음

혜화동

차례

머리말   7

1부 _ 사랑학 개론

연애결혼의 탄생   손현주   25

로맨스 신화를 넘어서
- 「겨울왕국」의 엘사 이야기   손현주   48

2부 _ 동양의 사랑

사랑을 하는 두 가지 방식
- 유가의 '구별하는 사랑'과 묵가의 '구별 않는 사랑'   김월회   68

사랑의 아반도주, 그 결말은?
- 사마상여와 탁문군 이야기   조혜원   86

사랑의 여러 모양
- 현진건의 『무영탑』에 담긴 사랑 이야기들   서지애   102

사랑 없는 결혼의 비극
- 루쉰과 주안의 잘못된 만남   김민정   119

산골 마을 십 대들의 잔잔하고도 가슴 먹먹한 사랑 이야기
- 선충원의 『변성』   김민정   137

3부 _ 서양의 사랑

에로스가 가져오는 인간의 행복과 불행 안상욱   154

필리아를 위한 안티고네의 숭고한 투쟁
    - 소포클레스의 『안티고네』 안상욱   175

알파남의 첫사랑
    - 아폴로와 다프네의 변신 이야기 심정훈   193

중세의 아름다운 스캔들
    - 아벨라르와 엘로이즈의 영원한 사랑 임형권   212

천국과 지옥에서 꽃피운 사랑
    - 단테와 베아트리체 그리고 파올로와 프란체스카 임형권   228

사랑의 모습들 차지원   243

머리말

주제 및 구성

사랑은 인간에게 가장 복잡하면서도 깊은 감정 중 하나다. 우리는 사랑을 향한 열망과 그로 인한 고통, 그리고 인간관계에서의 깊은 만족과 이해를 경험한다. 따라서 사랑은 인간의 삶에 있어서 핵심적인 가치 중 하나이며, 청소년들에게는 더욱 중요한 주제로 떠오른다.

이 책의 첫 번째 부분은 '사랑학 개론'이라는 제목하에 사랑에 대한 다양한 통찰과 개념을 소개하고 그 본질과 의미에 대한 개관을 시도하였다. 이어서 두 번째 부분은 동양의 사랑을 다룬다. 여기서는 동양 고전에서 사랑과 관련된 유명 일화들을 선별해 알아본다. 동양은 서양과 다른 철학과 문화를 가지고 있으므로, 사랑을 바라보는 동양의 관점을 서양과 나누어 살펴보는 것은 흥미롭고 의미 있는 일이 될 것이다. 마지막 세 번째 부분은 서양의 사랑에 대해 살펴본다. 이 부분에서는 사랑과 관련 있는 이야기들을 서양 고전들 속에서 들춰 본다. 우리는 동양 사람으로 분류되지만 '중·임·무·황·태'보다 '도·레·미·파·솔'이 더 익숙하다. 서양의 문화와 사고방식은 이미 개인의 사고방식과 공동체의 문화와 법률 속에 깊이 스며들어 있다. 그런 만큼 사랑에 대한 서양의 이해를 통해서 그곳에 대한 우리 자신의 태도와 행동 방식을 돌아볼 기회를 얻을 수 있으리라 기대한다.

1부 _ 사랑학 개론

손현주, 〈연애결혼의 탄생〉

손현주의 〈연애결혼의 탄생〉은 우리가 당연하게 여기는 '사랑해서 결혼한다'는 것이 사실 당연하지는 않을 수도 있다는 점을 지적한다. 이 글은 과거에서 현재까지 동서양 결혼 제도의 변화를 살펴보며 우리가 오늘날 익숙한 연애결혼이 탄생하게 된 배경을 분석한다. 여기서 눈여겨보아야 할 부분은 결혼은 '제도'이고 사랑은 개인의 '감정'이라는 것이다. 제도는 사회의 안정을 위한 장치인 반면, 개인의 감정은 언제든 변할 수 있는 불안정한 것이다. 사랑이라는 남녀 간의 개인적 감정이 사회의 기반을 구성하는 가정을 이루는 결혼의 바탕이 된 것은 비교적 최근의 일이라는 것을 상기시킨다. 전통 사회에서는 결혼은 개인과 개인의 결합이 아니라 가문 간의 결합이었고, 만일 결혼 당사자가 귀족이나 왕족이라면, 이들의 결혼은 국제적인 이해관계의 틀 속에서 논의되어야 했다. 이런 경우 결혼할 당사자 간에 사랑이라는 감정이 있는지는 고려 대상이 아니었다. 근대 이후 민족국가가 생겨나고 도시가 발달하면서 사회는 집단 중심에서 개인 중심으로 바뀌어 갔다. 도시로 간 젊은이들은 집안 어른들과 동네 사람들의 시선에서 벗어나 '마음에 드는' 이성을 스스로 선택해 결혼하는 것이 가능해졌다. 여기에 20세기 들어 여성의 권리가 신장되면서 연애결혼이라는 급진적인 생각이 더욱 널리 퍼지게 되었다. 하지만 이러한 변화는 새로운 문제와 고민도 불러왔다. 사랑해서 결혼한 두 사람이 더는 사랑하지 않는다면 과연 그 결혼은 지속되어야 할까? 문제의 핵심은 결혼은 제도이고 제도는 안정을 추구하는 반면, 사랑은 개인적 감정이고 개인의 자유에 기반한다는 데에 있다. 즉 안정을 추구하는 보수적인 제도와 자유를 추구하는 감정인 사랑을 한데 묶어 놓은 것이 문제이다. 사랑과 결혼이라는 연애결혼의 모순을 우리는 어떻게 풀어 가야 할까?

손현주, 〈로맨스 신화를 넘어서 - 「겨울왕국」의 엘사 이야기〉

　이어지는 〈로맨스 신화를 넘어서 - 「겨울왕국」의 엘사 이야기〉는 여성들의 사랑과 결혼에 대한 인식 변화에 관한 손현주의 인상적인 통찰이 담겨 있다. 전통적으로 사랑은 여성의 삶에서 매우 중요한 가치이고, 결혼은 행복한 여성으로 사는 삶을 완성해 주는 결정적인 요소인 것처럼 여겨졌다. 동화 속의 여러 공주 이야기에서도 어렵지 않게 마주할 수 있는 이러한 생각은 여성들에게 특정한 형태의 사랑을 이상적인 것으로 강요하고 그 안에서 자신을 수동적인 존재로 만들어 온 측면이 있다. 그러나 「겨울왕국」에 등장하는 엘사와 안나 자매의 삶에서 이성과의 사랑, 즉 로맨스는 인생의 전부도 아니요, 필수도 아니다. 그것은 자기 삶의 일부이고 어디까지나 선택의 문제다. 「겨울왕국」은 여성의 삶에서 가장 중요한 것이 남자로부터 사랑받는 것이라는 신화를 깨뜨렸고, 여성들이 사랑과 결혼을 통해서만 행복을 찾을 수 있는 것은 아니라는 것을 보여 주며, 그들이 자신만의 인생을 선택하고 살아갈 수 있음을 강조한다. 이를 통해 오늘날 변화하고 있는 여성에 대한 인식을 반영하고 따라서 현대인들이 한층 공감할 수 있었다는 것이 이 글의 진단이다.

김월회, 〈사랑을 하는 두 가지 방식
　　　- 유가의 '구별하는 사랑'과 묵가의 '구별 않는 사랑'〉

　〈사랑을 하는 두 가지 방식 - 유가의 '구별하는 사랑'과 묵가의 '구별 않는 사랑'〉은 사랑에 대한 유가와 묵가의 생각을 다루고 있다. 유가와 맹자는 혈연관계 여부 또는 혈연의 가깝고 먼 정도에 따라 사랑에 차등을 두는 것이 윤리적으로 정당하다는 '별애설別愛說'을 주장했다. 이를 어기고 혈육이 아닌 자를 혈육인 자보다 가까이하거나 촌수가 먼 자를 촌수가 가까운 자보다 더 사랑하는 것은 유가의 질서에 어긋난다. 반면 묵자는 혈연관계에 얽매이지 말고 이웃 모두를 동등하게 사랑하라는 '겸애설兼愛說'을 주장했다. 이러한 사랑은 맹자의 별애처럼 선천적인 능력이나 감정에 기초를 둔 것이 아니라 오랜 공동의 생활 경험 속에서 후천적인 학습을 통해 얻을 수 있는 종류의 사랑이다. 혈연 중심의 사랑 위에 윤리적 질서를 쌓아 올린 맹자는 부모를 부정하는 생각이라며 비판했지만, 묵자는 겸애설이 혈연에 얽매이지 않는 사랑의 확장을 통해 전쟁의 불씨를 미리 예방하는 작지 않은 이로움을 가져올 가능성이 있는 만큼, 자신의 주장을 굽히지 않았다.

조혜원, 〈사랑의 야반도주, 그 결말은? - 사마상여와 탁문군 이야기〉

〈사랑의 야반도주, 그 결말은? - 사마상여와 탁문군 이야기〉는 가난한 사마상여와 부유한 탁문군의 사랑에 관한 글이다. 어느 날 세속의 가치를 멀리하여 가난했던 사마상여가 대부호 탁왕손의 딸 탁문군에게 반하고 자신의 마음을 전한다. 내심 사마상여에게 연심을 품고 있던 탁문군도 이에 응하여 그들은 곧장 사마상여의 집이 있는 성도로 도망친다. 그러나 탁문군의 아버지 탁왕손은 둘의 결혼을 반대했고, 도망 후 경제적 어려움에 봉착한 사마상여와 탁문군은 술장사를 하며 어려운 삶을 힘겹게 이어 간다. 그러던 어느 날, 사마상여의 글을 읽은 황제가 그를 발탁하여 사마상여는 출세하게 된다. 그러자 탁왕손은 사마상여를 뒤늦게 사위로 맞이하며 탁문군에게 재산을 물려주었고, 사마상여와 탁문군은 행복하게 살았다. 사마상여와 탁문군은 돈과 사랑 가운데 어떤 가치를 좇았던 것일까? 또 돈과 사랑 중 어느 하나만으로 행복한 삶을 일궈 낼 수 있는 것일까? 또 우리는 그것들 가운데 무엇을 선택해야 할 것인가? 이 글은 그러한 문제의식 위에서 여러 각도로 생각해 볼 기회를 제공한다.

서지애, 〈사랑의 여러 모양 - 현진건의 『무영탑』에 담긴 사랑 이야기들〉

〈사랑의 여러 모양 - 현진건의 『무영탑』에 담긴 사랑 이야기들〉은 현진건의 소설 『무영탑』을 가득 채우고 있는 다양한 모습의 사랑 이야기들을 다루는 글이다. 『무영탑』의 등장인물들은 뒤를 돌아보지 않고 사랑에 투신한다. 아사녀는 마음을 뒤흔드는 소문과 여러 시련에도 아사달에 대한 사랑을 끝내 포기하지 않는다. 아사달 역시 대업을 이루는 일에 열중하면서도 하루도 빠짐없이 아사녀를 그리워하며 결국 운명이 엇갈린 아내를 따라 그림자못에 몸을 던진다. 그뿐이랴. 주만은 아사달에게 아내가 있다는 것을 알면서도 그에게 사랑을 고백하는가 하면 죽음을 각오하고 아사달의 곁에 남아 있다가 아버지에게 붙잡혀 불 속으로 걸어 들어간다. 이들의 사랑은 답답할 정도로 순수해 보이지만, 그렇기에 작품에서는 일면 숭고하게 묘사되기도 한다. 이밖에도 서사를 풍부하게 하는 조연들의 사랑 이야기들도 찬찬히 뜯어보도록 하자. 이 글은 『무영탑』의 원문을 직접 읽어 보며 다채로운 사랑 이야기들에 푹 들어가 보기를, 그리고 그 이야기들에 비추어 우리네가 경험하고 그리는 사랑의 모습을 잠시 돌아보길 권한다.

김민정, 〈사랑 없는 결혼의 비극 - 루쉰과 주안의 잘못된 만남〉

　　김민정은 〈사랑 없는 결혼의 비극 - 루쉰과 주안의 잘못된 만남〉에서 결혼에 대한 과거의 관념이 어떠했는지 루쉰과 본처 주안의 이야기를 통해서 알기 쉽게 들려준다. 오늘날에는 결혼에 있어서 자신의 의사를 매우 중요하게 생각한다. 결혼은 매우 개인적인 영역이고 원하지 않는다면 비혼주의를 선택할 수도 있다. 그러나 불과 백여 년 전의 사람들만 하더라도 스스로 선택하지 않은 결혼을 운명으로 받아들여야 하는 경우가 많았다. 과연 이러한 혼인이 바람직할 것인가? 이 글은 그 한 사례로 사랑 없이 결혼한 루쉰과 주안의 이야기를 다룬다. 주안은 집안 어른들의 뜻에 따라 몰락하였지만 명문가 출신의 루쉰과 결혼하게 된다. 하지만 주안과 루쉰은 서로 사랑하지 않았고, 결혼 생활에서도 서로 멀어졌다. 결국 두 사람은 사랑 없는 결혼으로 인해 괴롭고 고달픈 운명을 맞이하게 된다. 〈사랑 없는 결혼의 비극 - 루쉰과 주안의 잘못된 만남〉은 과거는 물론 현재의 결혼 관념에 대해서도 되돌아보는 계기를 마련해 준다.

김민정, 〈산골 마을 십 대들의 잔잔하고도 가슴 먹먹한 사랑 이야기 - 선충원의 『변성』〉

김민정의 〈산골 마을 십 대들의 잔잔하고도 가슴 먹먹한 사랑 이야기 - 선충원의 『변성』〉은 약 100년 전 중국의 작은 산골 마을을 배경으로 펼쳐지는 십 대들의 풋풋한 사랑 이야기가 담겨 있다. 이 작품은 중국 산골 마을의 열다섯 살 소녀 취취와 그녀를 사랑하는 두 형제 톈바오와 눠쏭의 삼각관계를 중심으로 진행된다. 취취는 사공 노인 밑에서 자란 열다섯 살의 소녀다. 사공 노인은 자신이 죽기 전에 그녀에게 좋은 배필을 찾아 주길 원한다. 마침 인근 마을의 선주인 순순의 두 아들 텐바오와 눠쑹이 그녀에게 호감을 느끼게 되고, 형인 텐바오가 중매쟁이를 앞세워 취취에게 먼저 청혼을 한다. 하지만 취취는 동생인 눠쑹에게 마음을 주고 있었고 눠쑹 역시 그녀를 좋아하고 있었다. 이후 이들의 혼사는 텐바오의 갑작스러운 죽음과 아버지 순순의 오해 그리고 그런 아버지와 다툰 눠쑹의 가출로 위기를 맞이한다. 하지만 다행히 순순이 오해를 풀고 취취를 며느리로 받아들이기로 하면서 작품이 마무리된다. 이 이야기는 우리에게 사랑의 순수함과 아름다움과 함께 그것을 둘러싸고 벌어질 수 있는 갈등과 복잡성을 보여 주며, 중국 산골 마을의 생활과 문화, 그리고 다동 마을 특유의 구애법인 노래를 통해 중국 변경 지역의 문화와 전통을 감상할 수 있는 재미도 전해 준다.

▎3부 _ 서양의 사랑

안상욱, 〈에로스가 가져오는 인간의 행복과 불행〉

〈에로스가 가져오는 인간의 행복과 불행〉은 사랑의 한 측면인 에로스에 대한 희랍인들의 생각에 관한 글이다. 에로스는 육체적·성적 사랑 혹은 성적 행위를 가능하게 하는 원동력이라는 의미에서의 사랑과 성욕을 가리킨다. 희랍 신화에서 에로스가 생성의 원동력으로서 생명을 불러오기도 하고 과도한 추구를 통해 죽음을 가져오기도 하는 것처럼, 그것은 인간을 행복으로 이끌 수도 있고 불행으로 인도할 수도 있다. 이 글은 에로스가 인간을 행복 또는 불행으로 이끌 수 있는 가능성을 에우리피데스의 비극 작품 『히폴리토스』에 등장하는 파이드라와 플라톤의 대화편 『향연』 속 소크라테스의 말과 행동을 통해서 찾아본다. 파이드라가 보여 주는 에로스는 자신의 욕망을 충족시키고자 타인은 물론 자기 자신마저 파멸로 몰아가지만, 소크라테스가 말하는 에로스는 필멸자 속에 들어 있는 유일하게 불사적인 것으로 인간이 좋음을 가능한 한 영원히 자기 곁에 있도록 함으로써 행복에 최대한 가까이 다가설 수 있도록 해 주는 존재다. 이 글은 에로스의 이러한 두 모습을 번갈아 확인하면서 우리의 본성인 에로스의 본질과 그것이 삶에 미치는 영향에 대해 돌아본다.

안상욱, 〈필리아를 위한 안티고네의 숭고한 투쟁
　　　- 소포클레스의 『안티고네』〉

〈필리아를 위한 안티고네의 숭고한 투쟁 - 소포클레스의 『안티고네』〉는 에로스에 이어서 사랑의 또 다른 측면인 필리아를 다루는 글이다. 필리아는 육체적 관계에 대한 갈망인 '성욕'을 배제한 정신적인 사랑으로, 상호 간에 성립하는 선의다. 필리아의 대표적인 예는 부모와 자식 사이의 사랑이지만 형제간의 우애나 친구들 사이의 우정도 필리아에 해당한다. 글쓴이는 이 글에서 안티고네의 이야기를 통해 필리아라는 형태의 사랑에 관해 설명을 시도한다. 극 중에서 그녀는 자신의 혈육을 향한 강력한 사랑과 우애를 몸소 실천하는데, 이 글은 안티고네의 이러한 행동이 필리아에서 비롯되는 것임을 설명한다. 안티고네는 혈육 간의 사랑을 보여 주고 있고, 오라버니를 위해서 그에게 좋은 일이 바로 그에게 일어나기를 시종일관 바라고 있기 때문이다. 가족은 소중하다. 이것은 너무나 당연하지만 가족의 존재란 지극히 일상적이어서 잊고 살기 쉽다. 안티고네의 이야기는 오늘날의 독자들에게 가족과 혈육의 소중함을 새삼 환기시킨다.

심정훈, 〈알파남의 첫사랑 - 아폴로와 다프네의 변신 이야기〉

〈알파남의 첫사랑 - 아폴로와 다프네의 변신 이야기〉에서 심정훈은 오비디우스의 『변신 이야기』에 수록된 아폴로와 다프네의 에피소드를 주 소재로 삼아 인간의 역사와 자연 세계는 물론이고 심지어 아폴로와 같은 신들의 내면마저도 변화하게 만드는 원동력이 사랑에서 비롯된다고 말한다. 쿠피도에 의해 다프네를 사랑하게 된 아폴로가 처음 품었던 사랑의 종류는 육체적이고 성적인 사랑이었다. 그러나 아폴로의 사랑은 어찌 된 일인지 다프네가 나무로 변해 여성으로서의 육체적 아름다움을 잃어버렸을 때도 식지 않았다. 이것은 그사이 아폴론의 내면에 어떤 변화가 일어났음을 시사한다. 다프네에 대한 아폴로의 사랑은 육체적이고 성적인 차원에서 출발했지만 마침내 한결 참되고 진정하며 항구적인 애정으로 승화된 것이다. 이때, 아폴로의 내면에 변화를 일으키고 다프네의 외양을 바뀌게 된 배경에 무엇이 놓여 있는가? 이 글은 그것을 이처럼 세상을 움직이고 변화를 일으키는 원동력은 만물을 정복하고 무릎 꿇리는 사랑이라고 설명한다.

임형권, 〈중세의 아름다운 스캔들
  - 아벨라르와 엘로이즈의 영원한 사랑〉

〈중세의 아름다운 스캔들 - 아벨라르와 엘로이즈의 영원한 사랑〉에서 임형권은 중세 시대의 유명한 사랑 이야기인 아벨라르와 엘로이즈의 에피소드를 소개한다. 우리는 서양의 중세를 일종의 암흑기로 여기는 경향이 있다. 하지만 중세 역시 인류 역사의 한 부분이고 사랑은 인간의 본성이기 때문에 이 시기에도 순수하고 진정성 있는 사랑이 있었다. 아벨라르와 엘로이즈의 사랑은 스무 살가량 나이 차이가 나는 스승과 여제자 사이였다는 점에서 중세 시대의 도덕적 관념을 위배하는 것이었다. 하지만 그들이 서로에 대해 보여 준 진정성과 순수함은 매우 강력하고 아름다웠다. 그들은 상대방을 위해 서로를 희생했고 그러한 과정을 거쳐 각자의 인생을 더욱 성숙한 관점에서 바라볼 수 있게 되었다. 비록 아벨라르와 엘로이즈가 끝내 비극적인 결말을 맞이하지만, 우리는 순간적이고 육체적인 쾌락을 넘어서 서로에게 진정한 행복을 가져다주는 참되고 진정한 사랑이 가져야 할 중요한 성질에 대해 어떤 영감을 그들로부터 받을 수 있다.

임형권, 〈천국과 지옥에서 꽃피운 사랑
– 단테와 베아트리체 그리고 파올로와 프란체스카〉

〈천국과 지옥에서 꽃피운 사랑 – 단테와 베아트리체 그리고 파올로와 프란체스카〉는 단테의 『신곡』에 등장하는 두 사랑 이야기를 다루고 있다. 이 글은 정신적이고 성스럽게 보이는 단테와 베아트리체의 사랑과 육체적 욕망에서 비롯되어 도저히 도덕적이라고 할 수 없을 것 같은 파올로와 프란체스카의 사랑을 대비하여 변별적으로 그 차이점을 드러낸 다음, 그와 같은 이분법적 구도로 『신곡』의 두 사랑을 바라보았을 때 간과할 수 있는 바를 지적한다. 단테와 베아트리체의 사랑은 천상의 것이자 절대적으로 좋은 것이지만, 파올로와 프란체스카의 사랑은 지옥의 것이어서 절대적으로 나쁜 것인가? 그렇지만 파올로와 프란체스카를 죄인으로 몰고 그들의 사랑을 범죄로 만든 것은 이 세상의 법과 윤리일 뿐, 그 사랑 속에서 두 연인은 천국의 삶을 살았을 것이며, 각자의 이익을 초월하고 상대방을 아낀다는 점에서 그들의 사랑 자체는 단테와 베아트리체의 사랑만큼이나 고귀하고 성스럽지 않은가? 이 글은 사랑에 대한 다양한 잣대에 대해서 돌아본다.

차지원, 〈사랑의 모습들〉

〈사랑의 모습들〉에서 차지원은 러시아 문학 속에서 발견되는 사랑의 다양한 모습들을 소개한다. 톨스토이의 『안나 카레니나』는 상반된 모습의 사랑을 보여 준다. 육체적이고 비도덕적으로 묘사되고 끝내 불륜의 비난을 벗어날 수 없어 파국으로 끝나는 안나와 브론스키의 사랑이 그중 하나이고, 말로 표현하지 않아도 서로의 마음을 완전히 이해하는 레빈과 키치의 사랑이 다른 하나다. 그들 두 쌍의 사랑은 서로 극명한 대조를 이루며 '무엇이' 그리고 '왜' 진정한 사랑인가에 대한 작가의 생각을 드러낸다. 또 러시아 고전에서 사랑은 일상의 소소한 이야기보다는 사회적 모순과 개인의 갈등 등 인간의 딜레마를 해소하는 최종적 해답을 발견하는 데 중요한 계기를 마련하는 요소로 나타난다. 예컨대 도스토옙스키의 『죄와 벌』에 등장하는 라스콜니코프와 소냐 혹은 푸시킨의 『귀족 아가씨 - 농사꾼 처녀』의 알렉세이와 리자는 진실한 사랑을 통해서 서로 다른 배경과 사회적 지위를 극복한다. 이 글은 이러한 다양한 모습의 사랑을 돌아보면서, 작품 속 인물들에게 각자의 사랑이 각자에게 의미 있었던 것처럼, 그것들 모두가 사랑의 다양한 모습들임을 받아들인다.

┃ 나가는 말

이 책은 사랑에 대한 다양한 관점을 제시함으로써, 청소년들이 사랑에 대한 이해를 넓히고 깊이 있게 생각할 수 있도록 돕고자 한다. 또한 필자 일동은 이 책을 통해서 청소년들이 안전한 방식으로 사랑을 경험하고 관계를 유지할 방법에 어떤 것들이 있는지 체험해 볼 수 있기를 바란다. 이는 청소년들이 사랑을 경험할 때 겪을 수 있는 위험과 문제점들을 인식하고 대처하는 데에 큰 도움이 될 것이라고 기대한다. 아울러 우리는 이 책에 청소년들뿐만 아니라, 모든 연령층의 사람들에게 유익한 내용을 담기 위해 노력했다. 모쪼록 많은 독자가 이 책을 통해 사랑에 대한 이해와 관심을 높이고, 새로운 시각을 얻어서 사랑하는 사람들끼리 서로를 이해하며 더 나은 인간관계를 유지하는 데에 도움을 받을 수 있기를 희망한다.

1부

사랑학 개론

Francesca BEATRICE Tolstoy Abélard
Dostoevsky 邊城 Daphne 司馬相如
Paolo 安 Héloise Pushkin
Apollo 魯迅 米 無影塔 家
DANTE Eros 關
ANTIGONE 卓文君
Frozen
儒家

연애 결혼의 탄생

손현주

'사랑해서
결혼한다'고?

결혼의 가장 기본적인 전제 조건이 무엇인가 묻는다면, 오늘날 대부분의 사람은 '사랑'을 꼽을 것이다. 가족 연구로 널리 알려진 스테파니 쿤츠^{Stephanie Coontz}는 『결혼의 역사 ^{Marriage, a History}』라는 방대한 저서에서 '사랑해서 결혼한다'는 것이 얼마나 급진적인 개념인지 지적한다. 동서양을 막론하고 과거 오랜 세월 동안 사람들은 '사랑'이라는 감정을 바탕으로 결혼을 결정하지 않았다는 것이다. 무슨 말인고 하니, 예전 사람들이 보기에 사랑은 너무나 불안정한 개인적 감정이라서 사회의 근간을 이루는 가정을 만드는 결혼을 결정하는 바탕이 될 수 없었다는 것이다. 현대를 사는 우리에게는 말도 안 되는 생각처럼 느껴지는 대목이다.

물론 유사 이래 사람들은 언제나 사랑을 해 왔고, 심지어 사랑 때문에 목숨을 끊거나 전쟁을 일으키기도 했다. 옛이야기에도 사랑은 자주 등장하는 단골 주제였다. 하지만 가만히 살펴보면 사랑해서 결혼한다는 이야기는 그리 많지 않다. 신데렐라나 백설 공주 이야기에도 '운 좋게' 왕자의 간택을 받아 결혼하게 되는 것이지 주인공 남녀 간에 특별히 애정이 싹트는 부분은 보이지 않는다. 다만 중요한 것은 여주인공들이 아주 예쁘다는 것, 그리고 왕자가 그 여성들의 외모가 맘에 들어 결혼하기로 했다는 부분만 짐작할 수 있을 따름이다. 여자 쪽의 생각은 알 수가 없지만, 왕자라는 지위(돈과 권력)가 매력 포인트라고 우긴다면 뭐라 할 수는 없는 일이다. 오히려 옛이야기 속 사랑은 결혼으로 마무리되기보다 이루어지지 못해 비극으로 끝나거나 서로 그리워하는 절절한 경우가 대부분이다. 견우직녀의 이야기가 그러하고 셰익스피어의 로미오와 줄리엣이 그러하다.

견우직녀는 혼인을 했지만 서로 너무 사랑한 나머지 각자 맡은 소임을 소홀히 했다. 견우는 소를 돌보는 일을, 직녀는 베를 짜는 일을 제대로 하지 않은 것이다. 그 결과 옥황상제의 노여움을 사서 두 사람은 헤어지게 되는데, 그들을 불쌍히 여긴 까치와 까마귀들이 오작교를 놓아 주어 1년에 단 한 번 칠월 칠석날 밤에만 만날 수 있게 되었다고 한다. 쟁기질을 하고 농사일을 도울 소를 키우는 일이 중요하고, 베틀로 옷감을 짜는 것이 여성의 중요한 임무인 것으로 미루어 보건대, 이 우화는 아마도 농사를 짓는 동아시아 농경 사회 어디선가에서 비롯되었을 것이다. 그 후 오랜 시간 곳곳에서 전승되다가 한국 사회에 맞게 각색되어 정착되었을 것이라 짐작해 본다. 여기서 흥미로운 것은 결혼한 두 사람에게 사랑보다 각자 맡은 의무가 더 중요하다고 보는 대목이다. 한국은 전통적으로 수직적인 가부장제 사회였다. 조상신을 모시고 부계 혈통을 중시하여 충과 효가 가장 커다란 덕목으로 간주되어 왔다. 여기서 남녀 간의 애정은 달달하고 애틋하긴 하지만 충과 효라는 덕목 앞에서는 얼른 자리를 내주어야 했다. 춘향이와 이 도령의 사랑이 아무리 애달파도 집안의 명예와 출세를 위해 과거 공부를 해야 하는 이몽룡이 아버지의 명에 따라 춘향이를 두고 떠나는 것도 같은 맥락이다. 부부간의 금실이 좋다는 것은 기꺼운 일이지만, 부부간의 애정이 부모에 대한 효보다 앞서는 것은 절대 허용되지 않았다. 이런 생각이 견우직녀의 우화에 그대로 담겨 있다. 농경 문화권인 중국과 인도의 경우에도 부모와 자식 간의 관계가 부부간의 관계보다 더 중요하게 여겨지고, 그러다 보니 며느리의 고된 시집살이 문화가 생겨난 것도 비슷하게 닮았다. 이런 문화에서 결혼은 가문 간의 결합이고, 결혼 당사자인 신랑 신부 개인의 '사랑' 여부는 결혼 결정에 중요한 요소가 아니었다.

이 문제는 멀리 갈 필요도 없이 100년 전 우리 개화기 소설에서 쉽게 찾아볼 수 있다. 이 당시 소설의 주요 주제가 남녀 간의 자유연애였으며, 개화기 지식인 중 다수가 부모의 강요로 결혼한 상대는 부모님 댁에 남겨 두고 유학지나 서울에서 뜻이 맞는 여성을 만나 연애를 하고 이중 살림을 하기도 했다. 심지어 이룰 수 없는 사랑에 같이 목숨을 끊는 극단적인 경우도 있었다. 1926년 대한해협을 건너 일본으로 가는 배에서 두 남녀가 뛰어내려 죽은 사건이 당시 세상을 떠들썩하게 만들었는데, 이들은 가수 윤심덕과 극작가 김우진이었다. 「사의 찬미」로 유명한 가수 윤심덕은 유부남인 김우진과 사랑에 빠졌고, 이루어질 수 없는 사랑에 비관한 나머지 사랑을 위해 김우진과 함께 밤바다에 몸을 던져 동반 자살한 것으로 알려져 있다. 지금 우리의 기준에서 보면 이해하기 어려운 행동이지만, 당시 그들이 함께하기에는 치러야 할 대가가 만만치 않았을 것이고 평생 주위의 손가락질을 피할 수 없었을 것이다.

비단 한국이나 동양 문화권에서만 '사랑'과 상관없이 결혼이 이루어져 왔던 것이 아니다. 이 문제에서는 서양도 마찬가지였다. 우리가 요즘 당연하게 여기는 연애결혼이 서양 사회에 등장하는 것은 18세기 이후이다. 그리고 본격적으로 현실에서 연애결혼이 이루어진 것은 20세기 이후의 일이다. 그럼 옛날 사람들은 사랑과 결혼에 대해 어떤 생각을 했는지 살펴보자.

'사랑'이라는 광기

사랑과 열정이 광기의 한 일종이라는 생각은 오랫동안 문학과 철학의 공통된 주제였다. 그리스의 시인 헤시오도스Hesiodos는 『신들의 계보Theogonia』에서 사랑의 신 에로스를 다음과 같이 묘사한다. "가지를 나른하게 만드는 에로스는 모든 신들과 인간들의 마음속 생각과 현명함을 마비시킨다." 그는 에로스(로마신화에서는 큐피드)의 화살이 인간의 이성을 앗아가고 제정신이 아니게 만들어 버리는 것으로 보았다. 영국의 위대한 극작가이자 시인인 윌리엄 셰익스피어William Shakespeare가 『한여름 밤의 꿈A Midsummer Night's Dream』에서 묘사하는 사랑과 사랑의 신 큐피드도 크게 다르지 않다.

사랑은 눈으로 보는 것이 아니라 마음으로 보는 것일지니
그래서 날개 달린 큐피드를 장님으로 그린다네.
사랑하는 마음은 판단력도 없게 마련.
날개 달리고 눈이 없는 것은 무모한 서두름을 나타내지.
그래서 사랑을 어린아이라 하지.
선택해야 할 때면 너무 자주 속기 때문이라네.

-『한여름 밤의 꿈』 1막 1장

이 구절에서 셰익스피어는 사랑이 사람들의 이성과 판단력을 눈멀게 하여 충동적으로 행동하고 잘못된 결정을 내리게 할 수 있다고 경고한다. 눈멀고 날개 달린 큐피드는 이런 사랑의 속성을 잘 나타내 주는 상징이다. 셰익스피어는 또한 『로미오와 줄리엣Romeo and Juliet』에서도 사랑의 광적인 측면을 보여 준다. 사랑에 빠진 두 연인은 가문 간의 불화를 넘어 더욱 불타오르고 결국 비극적 파국을 맞는다. 셰익스피어의 또 다른 작품 『오셀로Othello』에서는 위대한 장군 오셀로가 사랑하는 아내 데스데모나가 부정을 저질렀다고 오해해 목 졸라 죽인다. 지극한 아내 사랑에 눈먼 오셀로는 사악한 부하 이아고의 음모를 꿰뚫어 보지 못하고 덕성스러운 아내를 죽이고 만다. 사랑이 질투를 낳고 이성을 마비시켜, 눈먼 큐피드가 상징하듯이 현실을 제대로 직시하지 못하게 되어 일어난 비극이다.

사랑은 때로는 정신 질환의 일종으로 간주되기도 했다. 17세기 프랑스의 내과 의사인 자크 페랑Jacques Ferrand은 「상사병에 관한 논문」(1610)에서 상사병을 일종의 "에로틱 멜랑콜리"라고 명명했다. 그는 불면증, 두근거림, 식욕 상실에서 우울증까지 다양한 상사병의 증상들을 나열하며 이러한 광적인 심리적 신체적 증상들은 만병의 원인이 된다고 주장했다. 이런 상사병의 증상들 때문에 사람들은 사랑이 몸 안에서 생성되는 일종의 독이라고 믿기도 했다. 이성을 타락시키고 건강한 피를 파괴해 안색을 창백하게 만드는 사랑은 독이나 마찬가지였던 것이다.

사람을 중독시키고, 이성을 마비시키며, 신체마저 병들게 하는 사랑이라는 감정은 전통 사회의 근간을 이루는 결혼이라는 제도의 기반이 되기에는 너무나 불안정하고 신뢰할 수 없는 요소였다. 결혼은 단순히 두 사람이 만나 가정을 이루는 것이 아니라 가문과 가문의 결합이었고, 그들이 속한 마을과 공동체의 질서를 유지하고 사회적 경제적 책임이 있는 구성원이 되는 중요한 과정이기 때문이었다. 만일 결혼하는 당사자들이 고귀한 신분이라면 문제는 더욱 심각했다. 때로는 결혼은 국가 간의 정치적 군사적 협력과도 관련되기 때문이었다.

전통 사회에서의
결혼

전통 사회에서 결혼은 남녀 두 개인 간의 결합이 아니라 가문 간의 계약이었다. 경작지가 맞닿아 있는 이웃 간에 자녀들을 결혼시키면 두 경작지에 물을 댄다거나 파종 추수기에 서로에게 도움을 줄 수 있었고, 차후에 상속에도 두 땅을 합쳐 더 큰 세력으로 발돋움할 수 있는 발판이 되기도 했다. 결혼은 서로 부족한 부분을 메꾸어 사회적 경제적 신분 상승을 할 수 있는 기반이 되기도 했다. 여성들이 어린 나이에 결혼했던 중세 이탈리아에서는 부모들이 딸의 의사와는 상관없이 결혼을 정하는 것이 일반적이었다. 1447년 피렌체의 한 귀족 가문 어머니는 16살짜리 딸을 부유한 비단 제조업자와 약혼시키고 지참금으로 1000플로린을 줄 예정이라고 아들에게 편지를 썼다. 더 좋은 가문에 시집보내려면 더 많은 지참금을 주어야 하는데 그러다간 우리 집이 파산할 지경이니 딸아이가 이 결혼을 마음에 들어 할지 아닐지 모르지만, 이것이 최선이라는 의미였다. 또 다른 예로, 영국 더비셔의 젠트리 계급의 두 아버지가 결혼 계약을 맺었는데 신부의 이름을 빈칸으로 남겨 둔 채였다. 신부 아버지가 여러 딸 중 어느 딸을 결혼시킬지 미처 결정하지 못했기 때문이었다. 앞서 언급했던 세익스피어의 『로미오와 줄리엣』에서도 줄리엣이 부모가 정해 준 남편감인 패리스 백작과의 결혼을 거부하자, 아버지는 그녀를 방에 가두고 벌을 준다. 이러한 상황은 전통 사회에서 결혼이 개인의 감정과 정서적 만족을 위한 선택이 아니라 사회적 경제적인 고려가 더 중요한 계약이라는 것을 잘 보여 준다.

소설과 연애결혼의 탄생

전통적 결혼관에 변화가 생겨난 것은 서구에서는 대략 18세기 즈음이다. 흥미롭게도 연애결혼이라는 아이디어가 널리 퍼진 것은 18세기 들어 소설이라는 새로운 문학 장르가 생겨난 것과 무관하지 않다. 영국의 경우 18세기 후반에 유행했던 대표적인 소설들이 대부분 사랑과 결혼을 주제로 삼았는데, 보잘것없는 신분의 여성이 미모와 덕성스러운 몸가짐으로 신분이 높은 남성과 결혼하게 된다는 플롯이 주를 이루었다. 1740년에 출판된 새뮤얼 리처드슨 Samuel Richardson 의 『파멜라 Pamela, or Virtue Rewarded』는 예쁘고 덕성스러운 하녀가 그녀를 호시탐탐 노리는 난봉꾼 주인 아들로부터 현명하게 순결을 지켜 냈는데, 이에 감동한 주인 아들이 그녀를 정식 아내로 맞이한다는 내용이다. 이 소설은 당시 엄청난 인기를 누렸고 비슷한 내용의 아류작들이 쏟아져 나왔다. 이런 소설이 인기 있었던 이유는 초창기 소설의 독자층이 주로 중산층 여성들이었기 때문이다. 새로 등장한 중산층(영국의 경우 젠트리 계층과 도시 상공인들) 여성들에게 가장 중요한 일생의 목표는 결혼을 잘하는 것이었다. 여성의 사회 진출이 불가능했던 당시에 사회적 경제적 신분 상승의 유일한 길은 성공적인 결혼이었기 때문이다. 중산층 여성들은 자신보다 더 부유하거나 사회적 지위가 높은 귀족과 결혼하길 원했다. 이들의 욕구를 잘 반영한 연애소설은 오락거리가 부족한 여성들에게 환영받았고, 소설 속 여주인공의 사랑과 연애 이야기는 새로운 결혼관을 형성하는 데 지대한 영향을 끼쳤다.

소설이 인기 있는 문학 장르로 발전하게 되면서 소설 속 사랑 이야기는 좀 더 세련되게 다듬어졌다. 사랑과 결혼, 즉 연애결혼 이야기를 다룬 대표적인 작품으로 제인 오스틴Jane Austen의 『오만과 편견Pride and Prejudice』이 있다. 200년이 지난 오늘날까지 사랑받는 이 작품은 주인공 엘리자베스가 부유한 귀족 다아시와 결혼에 성공하는 과정을 그렸다. 소설 속 엘리자베스는 사랑하는 사람과 결혼하지 않는다면 독신으로 남겠다고 선언한다. 그녀는 가족의 미래를 보장해 줄 콜린스 씨의 청혼을 거절하고, 부유한 귀족인 다아시의 청혼도 처음에는 오만하고 자기중심적인 그를 사랑할 수 없다는 이유로 거절한다. 엘리자베스의 행동은 당시의 사회적 통념에 비추어 볼 때 이기적이고 무책임할 뿐 아니라 분별없는 것으로 여겨질 만한 것이었다. 문제는 엘리자베스의 아버지 베넷 씨가 소유하고 있는 롱본의 저택과 토지는 한정상속(영국 특유의 상속법 중 한 가지) 재산으로, 오직 가문의 남자들에게만 상속이 되는데, 베넷 씨 부부는 딸만 내리 다섯을 낳고 아들이 없었다. 만일 베넷 씨가 작고할 경우 베넷 부인과 다섯 딸은 말 그대로 거리로 나앉아야 하는 상황이다. 엘리자베스에게 청혼한 콜린스 씨는 베넷 씨의 가장 가까운 남자 친척으로 베넷 씨 사후 롱본의 재산을 모두 상속할 상속자이다. 그러므로 엘리자베스가 콜린스 씨와의 결혼을 거절한 것은 온 가족의 미래를 보장해 줄 수 있는 절호의 기회를 걷어찬 것이었다. 물론 당시에는 언니인 제인이 부유한 빙리 씨와 결혼할 가능성이 있다고 믿었기 때문일 수도 있지만, 엘리자베스의 행동은 가족을 배려하지 않고 자기중심적이라 비난받을 만한 것이다.

콜린스 씨는 아무리 좋게 보아도 매력적이라고 하기 어려운 인물이다. 벼락출세한 사람답게 자기과시와 자만심이 가득하고, 신분과 지위가 높은 사람들에게는 드러나게 아부하기도 한다. 태도나 식견이 전혀 세련되지 못했고 사교 모임에서 실수를 거듭한다. 그럼에도 불구하고 엘리자베스의 절친이었던 샬럿 루카스 양은 그의 청혼을 기꺼이 받아들인다. 심지어 엘리자베스에게 거절당하고 화가 난 콜린스 씨를 루카스 로지(루카스 가문의 저택)로 초대해 자신에게 청혼하도록 부추기기까지 한다. 엘리자베스와는 사뭇 다른 샬럿의 행동은 전통적인 결혼관과 새로이 등장한 사랑에 기반한 결혼관의 대비를 잘 보여준다. 자신의 약혼 소식에 놀란 엘리자베스에게 샬럿은 다음과 같이 말한다.

> "네가 놀라는 것도 당연해, 무척 놀랐을 거야. 콜린스 씨가 너하고 결혼하고 싶다고 했던 게 바로 엊그제였으니까. 하지만 좀 더 시간을 두고 생각해 보면 너도 내가 잘했다고 할 거야. 그랬으면 좋겠어. 너도 알다시피 나는 낭만적인 사람이 아니야. 한 번도 그랬던 적이 없어. 내가 바라는 건 단지 안락한 가정일 뿐이야. 콜린스 씨의 성격과 집안 배경, 사회적 지위 등을 고려해 볼 때, 우리도 다른 어떤 커플 못지않게 행복하게 살 수 있을 거라 생각해."
>
> - 『오만과 편견』 중에서

엘리자베스는 사랑과 애정을 바탕으로 결혼하는 것이 중요하다고 믿지만, 샬럿은 그녀의 미래를 보장하고 경제적 안정을 제공할 현실적인 결혼을 추구한다. 샬럿이 엘리자베스에게 거절당하고 사흘 만에 자신에게 청혼한 콜린스 씨와 결혼하기로 한 것은 그녀의 현실적인 가치관에 기초하고 있다. 샬럿에게 결혼은 직업과 같은 것으로 남편이 될 사람을 '사랑'하는지는 결정을 좌지우지할 중요한 요소가 아니었다. 샬럿이 콜린스 씨를 사랑하지 않는다는 사실에도 불구하고 그와 결혼하기로 마음먹은 것은 그와 결혼하는 것이 독신으로 살아가는 것보다 훨씬 나은 경제적 안정과 사회적 지위를 제공해 줄 것이기 때문이다. 반면 엘리자베스는 경제적 안정보다 상호 존중과 애정, 공유된 가치에 기반한 결혼이 더 중요하다고 믿는 낭만적인 결혼관을 대표한다. 샬럿의 눈에 엘리자베스의 '낭만적'인 결혼관은 아직 세상의 쓴맛을 보지 못한 철없는 소녀의 헛된 망상처럼 보였을지도 모르겠다.

　낭만적인 결혼관의 등장은 앞서 언급한 대로 중산층의 등장과 소설의 발생과 같은 사회적 문화적 변화와 궤를 같이한다. 정리하자면 18~19세기 중산층이 사회의 중심적 역할을 하게 되면서 개인주의가 널리 퍼졌고, 전통적인 결혼 제도에 '사랑'이라는 개인의 정서적 욕구가 중요한 요소로 작용하기 시작했다. 이제 결혼은 주로 현실적 이해관계를 중요시한 가족 간의 합의가 아니라, 점점 더 사랑과 애정에 기초한 개인적인 선택으로 변화하게 되었다. 개인주의의 부상은 과거에 결혼을 지배했던 전통적인 가부장적 규범에 도전했다. 여성들이 더 많은 자율성과 독립성을 얻으면서, 그들은 소설 속 엘리자베스처럼 사랑을 바탕으로 자신의 배우자를 선택하고 결혼할 권리를 주장하기 시작했다.

로맨틱한 사랑과 결혼의 신화

사랑해서 결혼한다는 것은 당연한 것이 아니라 한때는 전복적이고 혁명적이며 위험하기까지 한 생각이었다는 것을 살펴보았다. 중산층의 성장과 경제구조의 변화, 도시화와 산업화 등 사회적 변화와 맞물려 결혼 또한 변화해 왔다. 결혼은 물론 남녀가 같이하는 것이지만 결혼에 더 관심이 많은 쪽은 여성이었던 것 같다. 왜냐하면 아주 최근까지 결혼은 인생에서 여성에게 주어진 유일한 선택지였기 때문이다. 전통 사회에서 결혼은 아내가 남편에게 복종하는 것을 당연하게 여겼다. 여성들은 결혼에 대한 선택권이 없었고 부모에 의해 거래되는 가축과 같은 재화의 역할을 했었다. 결혼은 유산을 물려주고 재산을 증식시키는 목적이자 수단이었고 사랑과는 상관없는 제도적 장치였다. 결혼은 극히 중요한 일이었으므로 일시적이고 감정적인 사랑에 맡길 수는 없었다. 여자는 결혼할 당시 지참금을 가져와 가문의 세습재산을 불려 주고, 아이를 낳아 사회가 영속할 수 있도록 합법적인 자녀를 공급해 주는 존재였다. 여성의 지상에서의 유일한 소명은 아내, 어머니, 연인이 되어야 하는 것이었고 이러한 사명은 결혼을 통해서만 실현 가능했다. 19세기 들어 이러한 결혼 이데올로기는 더욱 강화되었다. 결혼을 통해 남편과 일심동체가 된 여성은 남편과 다른 견해를 가질 수 없고, 혼자 독립 재산을 유지할 필요도 없으므로 여성이 재산권이나 투표권을 갖지 못하는 것이 당연하다는 논리가 사회 전반에 퍼져 있었다.

하지만 20세기 이후 여성의 권리가 신장되고 사회 진출이 활성화되자 많은 여성이 기존의 남성 중심적 결혼 제도에 불만을 표출하게 되었고, 결혼은 이제 더는 여성의 예속이 아닌 남녀 간의 동등한 관계로 변화되었다. 여성의 지위 향상과 경제적 독립은 사랑과 결혼의 역동성에 영향을 미칠 수밖에 없었다. 결혼에서 채워지지 않은 욕구를 결혼 밖에서 해결하던 남성 중심적 결혼 제도는 더는 설 자리가 없어졌고, 로맨틱한 사랑에 기반한 결혼이라는 이데올로기에 익숙해진 여성들은 결혼에 있어 사랑의 중요성을 더욱 신봉하게 되었다. 사랑해서 결혼에 골인한 커플은 사랑에 성공한 것으로 여겨진다. 앞서 언급했던 신데렐라나 백설 공주, 한국에서는 콩쥐팥쥐전이나 춘향전을 비롯해 수많은 구전 동화들이 주인공의 결혼으로 마무리된다. 그리고 "그들은 행복하게 살았습니다."로 끝맺는다.

그렇지만 결혼이 모든 갈등을 해결하고 도달하게 되는 궁극적 행복의 종착점일까? 사랑해서 결혼한 모든 커플은 결혼하는 그 순간부터 모든 행복을 보장받는 것일까? 물론 결혼 신화는 그런 환상에 기반을 두고 있지만 현실은 좀 다르다는 것을 굳이 문학작품을 거론하지 않더라도 주변의 현실을 보면 쉽게 알 수 있다. 문제는 연애결혼 즉, 사랑해서 결혼한다는 그 생각 자체에 내재해 있다.

사랑은
결혼의 파괴자

"결혼은 연애(사랑)의 무덤이다"라는 말에는 상당한 진실이 담겨 있다. 이제 사랑은 결혼의 기반이 되었기 때문에 이혼의 가장 큰 원인이 되는 모순에 빠져 버렸다. 사랑 때문에 결혼했으니 이제 사랑이 사라진 결혼은 존속할 이유가 없기 때문이다. 사랑에 기반한 결혼이란 본질적으로 모순된

프로젝트이며 그 모순성 때문에 극단적인 취약성을 가지게 되었다. 로맨틱한 사랑으로 결합된 결혼은 영원한 지상의 행복을 마련해 줄 것으로 기대되었지만 현실은 기대에 미치지 못했다. '결혼은 덫에 빠졌다' 바로 '사랑의 의무라는 덫'에. 이제 사랑은 자연스럽게 싹트고 사라지는 열정이 아니라 결혼 속에서 평생을 지속해야 하는 의무가 되어 버렸기 때문이다.

문제의 핵심은 사랑과 결혼이 같은 논리를 따르지 않는다는 데에 있다. 사랑은 이유가 없고 창조적이고 비합리적이며 그 자체가 목적이다. 무엇 때문에 사랑하는 것이 아니고 사랑하니까 사랑하는 것이다. 반면 결혼은 질서를 기반으로 하는 합리적이고 이성적인 제도이다. 사랑에 빠진 두 사람이 서로에게 몰입하고 하나가 되고자 열망하는 단계에서 결혼은 이상적인 목표로 보인다. 하지만 진화생물학이 설명해 주듯이 이러한 열정은 영원히 지속되지 않는다. 일단 결혼한 두 사람은 어느덧 일상의 의무와 삶의 현실 속에서 서로에 대한 열정은 식어 가고, 결혼이라는 울타리가 주는 안정의 또 다른 모습인 구속에 힘겨워하게 된다.

결혼이 위태롭게 된 상황에는 우리가 결혼에 너무 많은 기대를 하게 되었다는 것도 한몫한다. 전통 사회에서 결혼은 종족 번식과 사회적 관계망의 기반이자 경제의 최소 생산 단위였다. 개인의 정서적 만족은 중요한 고려 사항이 아니었다. 하지만 현대의 결혼은 인생의 모든 행복을 책임져야 하는 장이 되었다. 그것도 평생 서로 이상적인 파트너이자 부모가 되기를 요구받으면서. 동화와 소설, 영화 등이 담아내는 행복한 결말, 즉 우여곡절 끝에 사랑하는 두 남녀가 결혼하는 것으로 모든 문제와 갈등이 마무리되는 시나리오. 이것이 근대 이후 결혼에 부여된 기대치이며 환상이다.

그래도 결혼은 끝나지 않았다

여러 가지 문제에도 불구하고 결혼에 대한 신화, 즉 결혼이 외롭고 부족한 자아를 채워 주고 행복하게 만들어 줄 것이라는 기대와 환상은 아직도 팽배해 있다. 이혼한 사람들의 상당수가 더 나은 결합을 꿈꾸며 재혼을 하고, 심지어 동성 커플들조차 동성결혼을 인정받고 싶어 하는 데서 결혼 신화의 위력을 실감할 수 있다. 하지만 현대의 결혼은 부부간의 새로운 규범이 모색되어야 하는 위기의 시대이다. 현재 우리가 가지고 있는 사랑과 결혼의 문제점들은 가치관의 혼란과 결혼 이데올로기 자체가 지닌 모순들 때문이다. 안정과 더불어 열정적 사랑을 원하고, 정절과 더불어 에로티시즘을 원하고, 일심동체의 화합과 동시에 개인적 자유를 원하고, 지속적이고 안정적인 관계와 더불어 신선한 새로움을 원한다. 서로 상충되는 욕망과 가치의 혼재는 결혼이라는 현실의 실타래를 더욱 복잡하게 헝클어 놓는다.

프랑스의 대표적 지성인 사르트르와 보브와르는 결혼과 사랑이 본질적으로 상충된다는 것을 꿰뚫어 보았고, 계약 결혼이라는 새로운 형식의 결합을 실험했다. 결혼이라는 제도로 서로의 자유를 구속하지 않은 채, 성숙한 믿음과 신뢰 그리고 일시적일 수 있는 에로스적 사랑을 넘어서는 좀 더 견고한 사랑으로 둘만의 결합을 유지하겠다는 아이디어였다. 그들은 각자 다른 이성과 사랑에 빠지기도 하면서 크고 작은 연애를 계속했고, 처음 약속한 대로 서로에게 자신들의 사랑에 대해 솔직하게 털어놓았다. 그러면서도 사르트르가 죽기까지 두 사람은 특별한 파트너십을 유지했다. 이들의 계약 결혼은 사회적으로 많은 반향을 일으켰지만 보편화되기에는 무리가 따른다. 두 사람은 이른바 '가정'이라는 것을 꾸리지 않았고 장기적인 동거도 하지 않았다. 결혼했다기보다는 각자의 삶을 살면서 특별한 연인 관계를 이어 나갔다고 보는 편이 옳을 것이다.

로맨틱한 사랑에 기초한 결혼이라는 이데올로기가 산업사회의 태동과 함께 발전된 것처럼, 후기 산업사회를 넘어 포스트모던 정보화 시대를 살아가는 우리는 이제 우리 삶의 모습에 걸맞게 변화된 새로운 결혼 형태와 이데올로기가 필요하다. 소비 중심의 자본주의 경제 질서 속에서 사랑도 소비 지상주의로 변해 가고 노동시장과 똑같은 가혹한 법칙을 따르게 되었다. 오늘날 사랑은 언제든지 해약할 수 있는 유한 책임 회사나 고용계약, 재협상을 해야 하는 특정 계약처럼 되어 버렸고, 이 관계는 관계를 지속시키려는 두 출자자의 욕구에 달려 있다. 우리는 이제 문제가 생겼을 때 회복보다 이별을 선호하는 경향이 있다. 고장 난 물건을 고쳐 쓰기보다 새 물건을 구매하는 데 익숙해진 것이다. 독일 사회학자 지그문트 바우만 Zygmunt Bauman은 『리퀴드 러브 Liquid Love』에서 우리는 이미 유통기한이 지난 파트너를 버리고 다른 사람을 찾는 유동적 관계의 시대에 들어섰으며 평생 지속되는 관계보다는 연속적인 일부일처제로 바뀌어 가고 있다고 진단한다. 과거 일부다처제나 일처다부제에서 한 남자나 한 여자가 다수의 배우자와 동시에 결혼 생활을 했던 것과는 달리, 연속적 일부일처제 Serial Marriage 는 결혼과 이혼을 반복하는 형태이다. 한 사람과의 결혼이 만족스럽지 않을 때 이혼하고 다른 배우자를 찾아 다시 결혼하는 것을 반복하는 것이다. 할리우드의 유명 배우들이 결혼과 이혼을 반복하는 것을 예로 들 수 있다. 연속적 일부일처제에 성공적으로 적응하는 승자들은 상업자본주의 시대의 성공한 소수처럼 행복을 획득할 수 있겠지만, 다수의 사람은 시간이 갈수록 자신의 활용 가치, 결혼 시장에서의 상품 가치가 하락할까 두려워하고 패배 의식에 젖게 된다.

20세기 이후 급격히 늘어나기 시작한 인간의 수명은 21세기를 맞이한 지금 본격적인 백 세 시대로 접어들고 있다. 지구상 생물 중 어떤 종도 백 년도 안 되는 짧은 기간에 수명이 두 배로 늘어난 종은 없다고 한다. 우리가 물려받은 로맨틱한 사랑 이야기나 결혼 관습은 대부분 인간의 평균수명이 지금의 절반 이하일 때 만들어진 것들이다. 로미오와 줄리엣을 비롯한 대부분의 사랑 이야기는 십 대 이십 대 이팔청춘의 이야기이고 이들의 사랑 이야기의 결말은 둘 중 하나가 된다. 우여곡절 끝에 두 사람의 사랑이 결혼으로 맺어지거나, 이루어질 수 없는 사랑이 죽음으로 마무리되거나. 결혼은 모든 사랑의 목적이자 궁극적 결말로 여겨졌고, 결혼 이후의 사랑 이야기는 사랑하는 남편이나 아내를 위해 헌신하는 아름다운 순애보나 불행으로 끝을 맺는 불륜 이야기가 간간이 남아 있을 뿐이다.

결혼해서 자녀를 낳고 양육하여 그 자녀가 성인이 되어 독립할 무렵이면 부모 세대는 노년기에 접어들거나 이미 사망한 경우가 대부분이었던 과거와 달리 2000년대를 살아가는 현대의 부부는 자녀가 성년이 되어도 40대 후반에서 50대로 아직 신체적으로 젊고 건강하다. 별문제 없이 20년 이상 같이 살아온 부부라도 자녀 양육이라는 공동의 과업을 무사히 마치고 나면 다시 두 사람만 남겨진 상황에 놓이게 된다. 이는 지극히 새로운 현대적 삶의 형태로 과거에서 선례를 찾기 어렵다. 이제 이 두 사람은 사녀가 떠나고 다시 둘만 남겨진 결혼에서 새로운 관계를 정립해야 한다. 그리고 결혼 이데올로기는 평생 서로 아끼고 사랑해야 한다고 강조한다. 하지만 두 사람이 그런 관계를 재정립하기 어렵다면 어떻게 해야 할까? 그런 상태에서 둘 중 한 사람이 다른 사람과 로맨틱한 사랑에 빠진다면?

오늘날 결혼의 문제는 늘어난 수명에 국한된 것은 아니다. 예전의 결혼 제도와 결혼 이데올로기는 남성 우위의 일부일처제를 기반으로 성립된 것이다. 결혼한 여성은 남성에 예속되었고, 결혼 생활에 대해 여성이 불만을 제기하고 자발적으로 이혼을 요구하는 것은 지극히 현대적이다. 결혼 제도 바깥에서 여성이 홀로 살아갈 수 있는 구조가 아니었기 때문이다. 하지만 이제 대부분 여성이 남성과 비슷한 수준의 교육을 받고, 혼자서 얼마든지 사회적, 경제적으로 독립해서 생활할 수 있는 상황에서 결혼은 두 사람의 동등한 권리와 주장을 조율해야 하는 장이 되었고, 불만족스러운 결혼을 감내하면서 가정을 지키는 여성의 수는 급격히 줄고 있다.

　시대와 사회상의 변화에 따라 결혼도 변화해 왔다. 전통 사회에서의 결혼은 개인보다 집단의 이해관계가 우선하는 제도였던 반면, 근대 이후의 결혼은 개인의 취향과 정서적 만족에 더 많은 비중을 두게 되었고 마침내 연애결혼이 보편적인 기준이 되었다. 하지만 사랑이라는 '불안정한' 감정을 기반으로 한 결혼은 그 뿌리부터 흔들리게 되었고, 결혼은 이제 한물간 구시대적 제도로 사라져 가는 추세이다. 연애결혼의 탄생은 처음부터 결혼의 종말이라는 위험을 그 안에 품고 있었던 것이다. 결혼이 과연 종말을 맞을지 아니면 새로운 형태로 한 단계 또 진화할지는 두고 볼 일이다.

로맨스 신화를 넘어서
—「겨울왕국」의 엘사 이야기

손현주

손현주

「겨울왕국」
엘사의 매력은 무엇일까?

디즈니 애니메이션 「겨울왕국Frozen」은 안데르센의 동화 『눈의 여왕The Snow Queen』 이야기를 새로운 시각으로 다시 쓴 것이다. 안데르센의 원작에 등장하는 눈의 여왕은 얼어붙은 먼 왕국에 사는 마녀로, 아이들을 잡아가 자신의 얼음 성에 가두고 망각의 키스로 살던 세상을 잊게 만든다. 원작에는 『눈의 여왕』이라는 제목이 무색하리만치 눈의 여왕에 관한 이야기는 별로 없다. 반면 디즈니가 만들어 낸 애니메이션 「겨울왕국」은 눈의 여왕이 왜 홀로 외딴곳에 고립되어 살았는

청소년 고전 수업

지 그 뒷이야기를 풀어낸다. 「겨울왕국」은 2013년도에 처음 개봉되어 엄청난 인기를 끌었고, 2019년 나온 「겨울왕국 2」도 그에 못지않은 인기를 누렸다. 대한민국을 매료시키고 전세계를 강타한 「겨울왕국」 시리즈의 힘은 무엇일까? 멋진 음악과 현란한 3D 기술만으로는 설명되지 않는 그 무엇이 있지 않았을까? 결론부터 말하자면 나는 이 영화가 우리 사회의 어떤 측면과 공감대를 이루었다고 본다. 우리가 경험하고 있지만 아직 제대로 표현해 내지 못했던 것, 그것을 담아낼 수 있는 새로운 이야기틀을 제시해 주었기 때문에 우리는 이 영화에 공감하고 열광했던 것이 아닐까?

엘사는 손 닿는 모든 것을 얼려 버리는 마법의 힘을 가졌다. 철없던 유년기에 동생 안나와 마법의 힘으로 눈사람을 만들고 놀다가 그만 실수로 안나를 다치게 한다. 이후, 엘사는 자신의 능력을 숨기기 위해 스스로를 방에 가두고 철저히 외부와 고립된 채 살아간다. 세월이 흘러 왕과 왕비인 부모님이 불의의 사고로 죽자, 성년이 된 엘사가 여왕으로 즉위하게 된다. 여왕 대관식 도중 여태껏 숨겨 온 엘사의 비밀이 만천하에 드러나게 되고, 사람들을 그녀를 마녀라 부르며 두려움에 떤다. 자신의 통제되지 않는 힘으로부터 동생 안나와 자신의 나라를 보호하기 위해, 엘사는 산으로 들어가 숨어버린다. 눈 덮인 산속에서 홀로된 엘사가 처음으로 자신을 긍정하며 부르는 노래, 그것이 「겨울왕국」의 OST 〈렛 잇 고우^{Let it go}〉이다. 사람들을 열광케 한 이 노래에 이 영화가 가진 흡인력의 단서들이 요약되어 있다.

엘사의 자기 발견

눈 덮인 산의 적막 속에 홀로 선 엘사는 자신의 처지를 슬퍼하기보다 이제 아무도 없는 눈 세상에서 자기만의 삶을 추구할 수 있을 거라는 희망과 열정을 노래한다. 차가운 겨울바람은 엘사의 마음속에서 소용돌이치는 거대한 내면의 폭풍처럼 울부짖고, 처절한 고독 속에서 그녀는 자신이 이제 '이 (얼어붙은 겨울)왕국의 여왕'임을 깨닫는다.

> 오늘 밤 산 위의 눈이 빛나요.
> 발자국 하나 보이지 않네요.
> 고독의 왕국 내가 그 나라의 여왕인가 봐요.
> 더 이상 가둘 수 없는 내 안에 휘몰아치는 이 폭풍처럼
> 바람이 울부짖어요.
> 내가 얼마나 참으려 애썼는지 하늘은 알겠지요.

엘사의 내면에서 휘몰아치는 폭풍은 무엇이었을까? 모든 것을 얼려 버리는 능력, 그것은 주변 사람을 다치거나 죽게 할 수 있을 만큼 강력한 힘이다. 힘을 가다듬고 제어할 수 있으려면 그 힘을 표출하고 연구하고 단련하는 과정이 필요하다. 하지만 엘사에게는 그런 기회가 주어지지 않았다. 단지 다른 누구도 갖지 못한 특별한 능력이라는 이유로 엘사는 그 능력을 감추고 자신을 부정해야 했다. 그 같은 능력이 남자아이에게 주어졌다면 어쩌면 이야기는 많이 달라졌을지도 모른다. 이제 자신이 몸담고 있던 공동체에서 떨어져 나와 홀로된 엘사는 억눌러 왔던 재능과 열정과 자기표현을 〈렛 잇 고우〉라는 노래를 통해 폭발적으로 쏟아 낸다.

옛날 여성들은 어떻게 살았을까?

전통 사회에서 여성은 남성의 부속물로 여겨졌고, 그녀들의 유일한 임무는 결혼을 하고 가정을 꾸리고 아이를 양육하는 것이었다. 20세기 초 서구 여성들은 참정권과 재산권을 획득했고, 점점 더 많은 여성이 고등교육을 받고 정치, 경제, 문화, 교육 등 모든 방면에 진출하고 있다. 한국 사회에서 여성의 교육과 사회 진출은 20세기 중반 이후에 본격적으로 시작되었지만, 가부장적 유교 사회 전통이 이상화하는 순종적인 여인상은 여성의 사회 진출에 걸림돌로 작용해 왔다. 서구 사회에서도 70~80년대까지 강한 자아실현 욕구를 가진 여성들은 결혼과 일, 둘 중 양자택일을 해야 하는 상황에 부닥치곤 했다. 하물며 한국 사회에서 여성의 자아실현이란 일부 혜택받은 여성들의 유희 또는 극단적인 사고를 하는 일부 비정상적 여성들의 행태로 폄하되기도 했다. 조선 후기의 허난설헌, 개화기의 나혜석, 20세기 중반 전혜린 같은 사람들은 재능과 열정을 가지고 자신의 길을 모색하다 비극적인 일생을 마친 대표적인 예다.

영국의 소설가 버지니아 울프Virginia Woolf는 『자기만의 방A Room of One's Own』에서 쥬디스라는 이름을 가진 '셰익스피어의 여동생'을 창조해 냈다. '셰익스피어가 살았던 16세기 영국에서 셰익스피어와 동등한 재능을 타고난 여자가 있었다면 그녀는 어떤 삶을 살았을까?'라는 질문을 화두로 하여 역사적 지식과 소설가의 상상력을 결합하여 설득력 있는 여인의 초상을 그려 낸다. 셰익스피어처럼 어려서부터 책과 연극과 글쓰기에 관심을 보이는 쥬디스에게 그녀의 부모는 여자아이에게 글이 무슨 소용이 있냐며 닭장의 닭이나 돌보라고 한다. 하지만 쥬디스는 라틴어 학교에 다니는 오빠의 책을 몰래 훔쳐보며 다락방에 숨어서 독학으로 글쓰기를 익힌다. 그녀가 10대 소녀가 되자 부모는 이웃에 사는 부유한 양털업자 아들과의 혼담을 추진한다. 당시 부모의 뜻을 어기고 결혼을 거부하면 부모는 딸을 수녀원에 보내거나 때리거나 굶겨 죽일 수도 있었다. 오빠처럼 글을 쓰고 무대에 서고 연극의 세계에서 살고 싶었던 쥬디스는 어느 여름날 새벽, 가출을 감행하여 런던으로 가서 극단의 문을 두드린다. 하지만 엘리자베스 시대에 여성은 무대에 설 수 없었고, 여자역은 여장한 소년들이 대신했다. 여러 극단에서 조롱받고 문전 박대를 당한 후, 그녀를 가엽게 여긴 어느 극단 감독의 호의로 허드렛일을 하며 극단을 따라다니게 된다. 그해 겨울 자신의 꿈을 펼칠 수 없었던 천재 소녀는 감독의 아이를 밴 몸으로 마차에 뛰어들어 자살하고 만다. 울프가 그려 낸 셰익스피어의 여동생 쥬디스의 이야기는 재능을 타고난 여성이 남성 중심 사회의 편견과 제도적 제약 때문에 어떻게 억압받아 왔는가를 실감 나게 보여 준다.

90년대 이후 한국 사회에서 여성의 사회 진출은 자연스러운 현상으로 받아들여지고 있다. 여성들은 이제 결혼과 일을 양자택일의 문제로 생각하지 않아도 될 뿐만 아니라, 맞벌이하지 않겠다는 여성들은 결혼 시장에서 기피 대상이 될 만큼 여성의 일과 경제력은 결혼에서조차 중요한 요소가 되었다.

문제는 이러한 사회 변화에도 불구하고 변화된 여성의 삶을 담아낼 수 있는 이야기 틀이 정립되어 있지 않았다는 점이다.

달라진 삶, 새로운 이야기들

시대가 바뀌고 여성의 삶은 달라졌지만 아직도 많은 여자아이가 백마 탄 왕자를 기다리는 아름답고 연약한 공주 이야기를 보고 듣고 자란다. 그 결과 여자아이들은 성장하면서 정체성의 혼란을 경험하지 않을 수 없게 된다. 예쁘고 착한 사랑스러운 여자가 되어야 자신을 지켜 줄 멋진 남자를 만날 수 있다는 생각과, 동시에 자신의 삶을 책임져야 할 자율적이고 진취적인 인간이 되어야 한다는 상반된 코드가 여성들을 자기모순과 혼란에 빠지게 한다. 이것은 비단 여성에 국한된 문제만이 아니다. 이러한 문화 코드는 남녀노소가 공유하는 사회의 이데올로기적 측면이 강하기 때문에 여자는 무조건 예뻐야 한다는 외모 지상주의, 소위 '취집'이라 비하되는 결혼을 통한 사회 경제적 안정을 추구하는 일부 여성들의 결혼관, 남성 중심적 결혼 문화, 시집살이 등 이 모든 것들이 한데 얽혀 있는 복합적인 문제이다.

10여 년 전부터 디즈니를 비롯한 미국 만화영화 시장은 「슈렉Shrek」을 필두로 자율적이고 용감한 여성상을 보여 주는 새로운 여성들의 이야기를 선보이고 있다. 나라를 구하기 위해 아버지 대신 전장에 나가 혁혁한 공은 세우는 「뮬란Mulan」, 북미 대륙에 상륙한 영국인과 사랑에 빠져 용기 있게 새로운 삶을 선택하는 원주민 추장의 딸 「포카혼타스Pocahontas」, 마법성에 갇힌 자신을 구해 준 사람이 용감한 왕자가 아니라 못생긴 괴물 슈렉이라는 것에 실망하지 않고 오히려 자신이 괴물이 되기를 선택하는 피오나 공주 등, 여성을 수동적으로 그리는 전통적 이야기 틀을 부수고 새로이 쓰는 작업이 계속되고 있다. 「겨울왕국」도 그러한 맥락에서 이해해 볼 수 있다.

'숨기지마, 억누르지 마
(Let it go)'

엘사는 특별한 능력을 지녔고, 그 힘을 '감추고, 남의 눈에 띄지 않게' 해야 '착한 아이good girl'가 될 수 있다고 교육받는다. 그런 특별한 능력은 여자아이에겐 어울리지 않는 것이기 때문이다. 앞서 언급한 버지니아 울프는 『자기만의 방』에서 "여성은 수백 년 동안 내내 남자의 형상을 실물보다 두 배로 확대해 비춰 주는 마법 같은 달콤한 능력을 발휘하는 거울 역할을 해 왔다"고 지적한다. 즉 가부장적 사회는 여성이 남성보다 열등한 존재라는 믿음을 바탕으로 성립되고 유지된다는 날카로운 분석이다. 남성 중심적 사회를 유지하기 위해 여성들은 남성에 의존적인 존재로 길러져야 했다. 사회가 인정하는 '참한 여자good girl'는 자아실현이나 욕망을 배제하고 결혼하여 가정에 헌신하는 소위 '집안의 천사'이다. 동양의 유교적 전통에서 나온 삼종지도三從之道(어려서 아버지를 따르고, 결혼해 남편을 따르고, 늙어서는 아들을 따른다)를 따르는 여인상과 크게 다르지 않다.

「겨울왕국」의 엘사는 '참한 여자'가 되기 위해, 타고난 능력을 감추고 고립되어 살아왔다.

> 사람들을 들이지 마
> 보게 하면 안 돼
> 언제나처럼 착한 아이(참한 여자)가 돼야 해
> 감춰야 해, 느껴서도 안 돼
> 사람들이 알면 안 돼
> 그런데 이제 다들 알게 되었지

이제 그 굴레에서 벗어난 엘사는 난생처음 자신을 있는 그대로 받아들이고 인정한다. 그리고 외친다.

숨기 마, 억누르지 마

이제 더 이상은 참을 수 없어

억눌러 왔던 자신의 능력과 미래에 대한 두려움도 떨쳐 버리고, 이제 엘사는 있는 그대로의 자신과 마주 선다. 생전 처음 긍정하고 풀어놓은 자신의 능력과 욕망이 어디까지 갈 수 있는지 그 한계를 가늠해 볼 시간인 것이다. 그녀는 외친다. 이제 내겐 옳고 그름도 정해진 규율도 없다고. 왜냐면 그녀는 자신만의 고립된 「겨울왕국」의 여왕이니까. 엘사는 "나는 자유다"라고 맘껏 소리친다.

돌아온 마녀들

과거에도 능력을 지닌 여성들이 살았었다. 하지만 그들은 많은 경우 마녀로 몰려 엘사처럼 마을에서 쫓겨나고, 배척당하고, 심지어 불태워졌다. 자아실현을 추구하고 자신의 욕망에 솔직한 21세기의 여성들은 100년 전엔 마녀였다. 「겨울왕국」은 이제 추방당했던 마녀들의 이야기를 새로운 틀에 담아내고 있다. 과거 마녀로 치부되었던 여자들은 특별한 재능을 가진 여자, 자아를 추구하는 여자, 자연과 교감하는 여자(약초를 알고 병자를 치료하는 여자, 엘사도 "난 바람과 하늘과 하나가 되었어"라고 외치는 부분에서 자신이 마녀임을 드러낸다), 남자를 거부하는 여자 등, 한마디로 가부장적인 사회질서에 순응하기를 거부하는 여자들과 체제에 위협이 되는 여자들은 마녀로 낙인찍혀 쫓겨나고, 배척당하고, 고문당하고, 불태워졌다.

  마녀를 뜻하는 영어의 witch는 그 남성형인 wizard와는 전혀 다른 이미지를 함축하고 있다. 흔히 '마법사'로 번역되는 wizard가 '어떤 일에 대단한 능력을 발휘하는 사람'이라는 의미로 사용되는 반면, 마녀는 '사악한 여자'라는 부정적 의미가 훨씬 강하다. 마녀는 보통 우리말로는 '마귀할멈'이라 번역되곤 하듯이, 사악하고 늙고 추한 모습을 한 여자로 아이들을 잡아먹고, 검은 고양이와 박쥐를 거느리고 길고 더러운 손톱을 가지고 있으며, 동물을 죽이고, 사람들을 저주하는 등 흔히 부정적인 이미지로 그려졌다. 하지만 여성들이 자신의 자아를 찾고 욕망을 추구하는 것이 자연스럽게 받아들여지는 요즘, 과거에 박해받았던 마녀들은 이제 특별한 재능을 지닌 매력적인 여자들로 새로이 조명되고, 마녀라는 단어 자체의 이미지가 긍정적으로 변화하고 있다. 마녀에 대한 새로운 해석은 이미 오래전부터 시도되었지만, 최근 들어 전반적인 이미지의 변화가 두드러지게 나타난다. 한 예로, 해리포터 시리즈

  청소년 고전 수업

는 '마녀'라는 단어를 긍정적인 이미지로 만드는 데 일조했고, 『연금술사The Alchemist』의 작가로 유명한 파울루 코엘류Paulo Coelho 도 『포르토벨로의 마녀A Bruxa de Portobello』, 『브리다Brida』 등의 소설에서 신비주의적 탐색을 통한 우주적 자아를 추구하는 현대판 마녀들의 자아발견 여정을 긍정적인 시각으로 그려 내고 있다.

사랑이라는
신화를 넘어서

전통 사회에서 여성의 삶은 결혼과 가정을 중심으로 이루어졌고, 그것을 지탱해 주는 것이 '진실한 사랑'에 대한 찬양이었다. 여기서 말하는 진실한 사랑이란 용기 있는 멋진 남성이 아름답고 순결한 처녀인 여주인공을 위험에서 구해 주고(때론 신분 상승을 약속하며) 결혼에 이른다는 이야기 틀을 가지고 있다.

「겨울왕국」에도 전통적인 '진실한 사랑'의 모티프가 등장한다. 엘사의 동생 안나는 언니의 대관식에 초청받아 온 멋진 왕자 한스와 첫눈에 반해 사랑에 빠진다. 그리고 대관식 도중 비밀이 드러나 떠나 버린 엘사를 찾으러 가는 길에 착하고 순박한 크리스토프를 만난다. 하지만 엘사에게 다시 돌아오라 설득하는 과정에서 안나는 얼음이 심장에 박혀 죽을 위험에 처한다. 안나를 구할 수 있는 유일한 방법은 '진실한 사랑'의 키스밖에 없다는 것을 알고, 크리스토프는 사랑하는 안나를 그녀의 약혼자인 한스 왕자가 있는 성으로 데려다주고 쓸쓸히 떠난다. 하지만 왕자는 죽어 가는 안나를 구하기는커녕, 엘사와 안나가 둘 다 죽으면 안나와 약혼한 자신이 왕이 될 것이라는 계산을 하고 그녀를 죽게 내버려 둔다. 동화 속 멋진 왕자가 비열한 악당으로 변모하는 순간이다. 결국 왕자의 키스 대신 죽어 가는 안나를 살려 내는 것은 자신을 위해 희생한 안나를 위해 흘리는 엘사의 뜨거운 눈물이다. 「겨울왕국」은 전혀 예기치 않은 곳에서 남녀 간의 진실한 사랑을 통한 구원이라는 전통적인 로맨스 플롯을 전복시키고 대신 자매간의 사랑을 그 자리에 대체한다. 진실한 사랑true love의 의미를 남녀 간의 로맨스에서 인간의 사랑으로 확대시킨 것이다.

더 이상 왕자를
기다리지 않아도 돼!

　　「겨울왕국」의 영어 원제목은 'Frozen'이다. '얼어붙은'이라는 의미의 이 단어는 생명이 활동을 멈춘 정지의 상태, 겨울, 그리고 죽음을 상징한다. 다른 한편으로는 정서적 또는 성적으로 남성을 거부하고 사랑을 느끼지 못하는 여자를 의미하기도 한다. 영화에서 동생 안나와 달리 엘사는 남자에게 관심을 보이지 않는다. 엘사의 관심사는 자신이 가진 특별한 능력을 어떻게 받아들일 것인가, 그리고 어떻게 그 힘을 통제할 수 있는가에 초점이 맞추어져 있다. 반면에 안나의 경우 두 남자와의 사랑 이야기가 얽혀 있긴 하지만 궁극적으로 안나에게 가장 중요한 것은 언니 엘사의 무사 귀환과 자매간의 우애이다. 엘사와 안나, 두 자매의 이야기를 통해 「겨울왕국」은 여성의 삶에서 사랑과 결혼이 필수가 아닐 수 있음을 암시한다. 엘사는 엘사대로, 안나는 안나대로 자신들이 선택한 삶을 살 수 있어야 하는 것이다. 하지만 전통 사회는 엘사와 같은 여성들의 삶을 인정하지 않았다. 다만 드물게 신을 모시는 여사제나 수녀와 같은 성직자나 수도자는 예외였다. 이들의 삶은 자신의 욕망과 재능과 자아 추구에 있는 것이 아니라 절대자에 대한 헌신이기 때문에 남성 중심적 사회의 틀에 크게 배치되지 않기 때문이었을 것이다.

독사과를 먹고 잠든 백설 공주나 물레 바늘에 찔려 백 년 동안 잠든 잠자는 숲 속의 미녀는 생명과 시간이 정지한 '얼어붙은frozen' 상태에 놓여 있다. 그들의 생명을 깨어나게 하려면 '진실된 사랑'의 '키스'가 필요했다. 백마 탄 멋진 왕자의 키스는 처녀성의 상실을 의미하는 동화 속 상징물이다. 여성의 삶에서 가장 큰 사건은 결혼과 출산이었고, 그 인생의 궁극적 목표를 위해 그녀들이 할 수 있는 일은 남자들이 원하는 모습으로 자신들을 가꾸고, 언젠가 자신을 '데려갈' 왕자를 '기다리는 것'이었다. '진실된 사랑'의 키스만이 죽음의 얼어붙은 상태에서 그녀들에게 생명을 일깨워 줄 수 있기 때문이다.

하지만 「겨울왕국」은 이러한 기존의 이야기 틀을 전복시킨다. 엘사는 왕자를 기다리지 않고, 얼음 왕국(즉, 남성이 찾지 않은 여성만의 세계)에서 자신의 정체성을 발견하고 "바람과 하늘과 하나가 되는" 마녀로서 자신만의 왕국의 여왕이 된다. 그리고 얼어붙은 안나의 생명을 깨워 내는 것은 왕자의 키스가 아니라 언니 엘사의 진실된 사랑의 키스였다. 이렇게 「겨울왕국」은 사악한 얼음 마녀인 『눈의 여왕』 이야기를 뜨거운 열정을 가진 여성들의 이야기로 다시 풀어내고 있다. 엘사와 안나, 이들

청소년 고전 수업

자매의 삶에서 이성과의 사랑, 즉 로맨스는 인생의 전부가 아니라 일부이고, 결혼은 필수가 아닌 선택의 문제이다. 여성의 삶에서 가장 중요한 것은 남자에게 사랑받는 것이라는 신화를 깨고, 현대를 살아가는 우리가 좀 더 공감할 수 있는 새로운 이야기 틀을 제시해 주었다는 점이 바로 수많은 사람이 「겨울왕국」영화에 열광하게 된 핵심적 이유일 것이다.

'미지의 세계로
(Into the Unknown)'

「겨울왕국」이 억눌린 자아와 내면의 욕망을 풀어놓는 '렛 잇 고우Let it go'를 화두로 삼았다면, 「겨울왕국 2」는 자신의 참모습을 발견한 엘사가 '미지의 세계로Into the Unknown' 로 나아갈 용기와 결단을 갖는 것에 초점을 맞추고 있다. 「겨울왕국 2」의 삽입곡 '미지의 세계로'의 가사를 살펴보자. 엘사는 내면에서 들려오는 목소리를 듣지 않으려 애쓴다.

네 목소리가 들려오지만, 듣지 않을래
어떤 이는 일부러 문제를 일으키지만
그렇지 않은 사람도 있어.
나도 할 일이 많아

네 속삭임은 듣지 않을래

그 소리가 사라졌으면 좋겠어… 오! 오! 오!

[…]

미안하지만 비밀스럽게 날 유혹하는 목소리여,

네 부름을 차단할 거야.

난 이미 모험을 해 봤어, 새로운 모험은 사양할래.

네 말을 듣고 미지의 세계로 나설 때

감당해야 할 일들이 두려워.

하지만 아무리 애써도 미지의 세계로 이끄는 유혹의 소리는 마치 그리스 신화에서 오디세우스를 유혹했던 마녀 사이렌의 노랫소리처럼 치명적이다. 엘사는 그 소리가 내면에서 울려오는 것이며 자신이 있어야 할 곳은 황궁이 아니라 먼 미지의 세계로 모험을 떠나야 한다는 것을 받아들이게 된다.

대체 뭘 원하는 거야?

넌 나를 잠들지 못하게 해.

자꾸 딴생각이 들게 해서

내가 큰 실수를 저지르게 하려는 거야?

아니면 저기 밖에 있는 넌

내면 깊숙이에서부터

내가 이곳에 있을 운명이 아니라는 걸 알고 있는

나와 비슷한 존재인 거야?

나날이 내 힘이 커지는 것을 느끼며

하루하루가 점점 더 버거워져

너도 알고 있지 않아?

내 속에는 미지의 세계로 나아가길 원하는 마음도 있다는 걸.

사랑과 로맨스를 넘어서
: 여성들을 위한 새로운 이야기

　　전통적으로 미지의 세계로의 탐험은 남성의 전유물이었다. 앞서 언급한 버지니아 울프의 『자기만의 방』으로 다시 돌아가 보면, 울프는 남성들이 미지의 세계로 모험을 떠나 식민지를 개척하고 제국을 건설할 수 있게 하려고, 여성은 자신을 낮추고, 남성들이 돌아올 가정을 지키도록 키워졌다고 지적한다. 가부장적인 사회일수록 희생적인 아내와 어머니 상을 강조해 왔던 것이다. 대영제국이 지구상 곳곳에 식민지를 가지고 "해가 지지 않는 나라"라고 불리며 최고의 전성기를 구가하던 때가 빅토리아 여왕이 다스리던 19세기 후반기였다. 여왕은 지구상 가장 막강한 제국의 군주였지만 동시에 9명의 자녀를 낳아 기르며 현모양처의 전형적인 모습으로 대중에게 다가갔다. 그 결과 빅토리아 시대는 "가정의 천사the angel in the house"라는 이름으로 불리는 희생적인 여성상을 가장 이상적인 여성의 모습으로 받들었다. 「겨울왕국」의 주인공 엘사는 "가정의 천사"와 대척점에 서 있는 정반대의 인물이다. 엘사는 사랑에 빠지지도 결혼을 하지도 않는다. 그녀는 자신의 내면의 욕망을 추구하고, 여자이기 때문에 감추어야 했던 능력을 보란 듯이 세상에 드러낸다. 이제 그녀는 남성의 전유물이었던 미지의 세계로의 모험과 탐험에조차 당당하게 도전하는 당찬 모습을 보인다. 이전 시대의 페미니스트들이 남성과 동등한 법적 사회적 지위를 얻기 위해 투쟁했다면, 「겨울왕국」의 엘사는 이제 여성을 옭아매었던 사랑과 로맨스라는 신화마저 벗어던지는 자유로운 인간으로서, 여성이 어떤 삶을 살 수 있는지 새로운 가능성을 보여 준다. 오랜 세월 여성의 삶의 유일한 주제로 여겨졌던 사랑과 결혼 말고도 탐험과 모험 같은 다른 이야기도 여성에게 중요한 삶의 목표가 될 수 있다는 것을 말이다.

2부

동양의 사랑

Francesca BEATRICE Tolstoy Abélard
Dostoevsky 邊城 Daphne 司馬相如
Apollo Paolo 安 Héloise Pushkin
魯迅 朱 無影塔 家
DANTE Eros 關
ANTIGONE 卓文君
Frozen
儒家

사랑을 하는 두 가지 방식
— 유가의 '구별하는 사랑'과 묵가의 '구별 않는 사랑'

김월회

누군가가 대뜸 "부모 사랑과 연인 사랑은 같은 것일까?"라고 물어 온다면 어떻게 대답하겠는가? 직감적으로는 "당연히 서로 다르지!"라고 답할 듯하다. 그러다 무엇이 어떻게 다른지를 좀 더 생각해 보게 되면 과연 무엇이 다른지가 알쏭달쏭해질 수도 있다. 그런데 이 둘은 과연 똑같은 것일까, 아니면 다른 것일까?

사랑은 다 똑같은 것일까?

어찌 됐든 답은 두 가지로 갈릴 것이다. "똑같다"

와 "다르다"로 말이다. 그런데 이 둘 모두가 다 맞는 답일 수 있다. 둘 사이의 같고 다름에 대하여는 여러 각도에서 접근할 수 있겠지만, 부모 사랑과 연인 사랑은 기본적으로 사랑하는 대상 차원에서 나누어 본 것인 만큼, 이 각도에서 접근하면 다음과 같은 분석이 가능해진다.

첫째는 이 둘은 엄연히 다르다고 보는 관점이다. 사랑하는 대상이 부모와 연인으로 다르고 그렇기에 사랑 자체가 다르다는 주장이다. 대상이 다른 만큼 그 대상에 대한 사랑의 본질도 달라진다는 것이다. 이를테면 외로움이 밀려들 때, 부모님을 떠올리며 느끼게 되는 사랑과 연인을 떠올리며 느끼는 사랑은 질적으로 분명하게 다르다는 견해다. 둘째는 똑같다는 주장으로 그 근거는 이러하다. 사랑의 본질은 대상과 관계없이 동일한데 대상에 따라 그 발현 양태가 달라지다 보니 사랑 자체도 다른 것처럼 보인다는 태도다. 이를테면 대상을 소중히 여기고 몹시 아끼는 마음이라는 사랑의 본질은 어느 경우든 다 동일하고, 사랑의 대상이 부모이면 예컨대 효도 같은 양태로 그 사랑이 발현되며, 연인이면 예컨대 스킨십 등의 양태로 발현될 따름이라는 것이다. 이는 사랑의 방식이나 행위가 다르다고 하여 사랑 자체가 다르다고 볼 수는 없다는 견해다.

물론 정답은 없다. 사랑이 대상에 따라 그 본질을 달리하는
지, 아니면 대상에 상관없이 늘 동일한 것인지는 사랑을 보는
관점에 따라 달라지곤 한다. 다만 다르다고 보는 쪽은 사랑의
본질을 대상에 따라 구분하기도 한다. 이를테면 서구에서는
벗이나 동료, 지혜나 진리 등에 대한 사랑은 필리아라 칭하고,
육체적이고 성적 사랑은 에로스라고 부르며, 자식에 대한 부
모의 사랑처럼 무조건석 사랑은 아가페라 구분하여 일컬었다.
또한 낭만적 사랑은 로맨스라고 구별하여 불러 왔다. 이 관점
에 서면 필리아와 에로스, 아가페, 로맨스는 질적으로 서로 다
른 사랑을 각각 가리킨다. 이에 비해 우리는 사랑을 구분해 오
지 않았다. 부모에 대한 사랑이든 연인에 대한 사랑이든, 정신
적 사랑이든 육체적 사랑이든, 조건이 있는 사랑이든 무조건
적 사랑이든, 낭만적 사랑이든 현실적 사랑이든 간에 모두 사
랑이라고 불렀지 이를 구분하여 명명하지 않았다. 한자도 마
찬가지다. 그 모두를 '애愛'라는 글자 하나로 표현하였지 여러
개 한자로 구분하여 표기하지는 않았다. 물론 '연모하다', '사
모하다', '그리워하다', '좋아하다', '친하다'와 같이 사랑과 연
관된 감정을 표현하는 말들이 적잖이 있다. 하지만 이들이 서
로 다른 사랑을 가리키지는 않는다. 누가 하는 사랑이든, 무엇
에 대한 사랑이든 구분하지 않고 사용되었다.

결국 우리말이나 한자에서의 이러한 용례에 기초하면 우리나 중국에서는 사랑을 주체나 대상과 무관하게 동질적인 것으로 여겼다고 볼 수 있다. 그렇지 않다면 언어는 사고의 집인 만큼 서구처럼 사랑을 가리키는 말이 복수로 존재했을 것이다.

'0' 살도 하게 되는 사랑

사랑 사랑 내 사랑아, 어허둥둥 내 사랑아,
어화 내 간간 내 사랑이로구나.
여봐라, 춘향아. 저리 가거라, 가는 태도를 보자.
이만큼 오느라, 오는 태도를 보자.
빵긋 웃고 아장아장 걸어라, 걷는 태도 보자.
너와 나와 맞난 사랑, 허물없는 부부 사랑.

『춘향전』「사랑가」의 한 대목이다. 주인공 이몽룡과 성춘향 사이의 흥겹고 정겨운 사랑이 물씬 드러나 있다. 이렇게 "맛난 사랑", "허물없는 부부 사랑" 운운하며 육체에 대한 탐닉도 서슴지 않고 노래하는 이몽룡과 성춘향은 이팔청춘, 그러니까 16살이다. 지금으로 치면 중3 남녀 학생이 자못 농익은 사랑을 펼쳐 냈음이다. 그런데 이 둘은 어디서 이렇게 짙은 사랑을 배웠던 것일까? 아니, 이몽룡과 성춘향은 사랑을 배운 적이 있었을까? 사랑을 꼭 배워야 할 수 있냐는 물음이다. 어쩌면 배우지 않더라도 나이 열여섯쯤 되면 사랑에 절로 빠지는 게 사람의 자연스러운 모습일 수 있다. 사랑은 배우지 않고서도 할 수 있다는 것이다. 그러면 사랑은 몇 살부터 할 수 있게 되는 것일까? 이몽룡과 성춘향처럼 열여섯이 되어야 비로소 사랑할 수 있게 되는 것일까? 또 할 수 있다고 하여 어떤 사랑이든 다 해도 되는 걸까? 사랑할 수 있는 나이, 달리 말해 사랑해도 되는 나이라는 것이 따로 있는지를 헤아려 보자는 것이다. 과연 사람은 몇 살부터 사랑할 수 있고 또 사랑해도 되는 것일까?

저 옛날 맹자는 사람은 태어나면서부터, 누군가로부터 배우지 않고서도 사랑을 할 수 있다고 보았다. 그는 사람은 출신 배경이나 신분 고하와 무관하게 누구나 '양능良能'과 '양지良知'를 타고 태어난다고 여겼다. 양능은 배우지 않고서도 무언가를 할 줄 아는 능력을 가리키고, 양지는 배우지 않고서도 무언가를 알 수 있는 지능을 가리킨다. 이러한 능력과 지능을 사람은 다 갖추고 태어나기 때문에 아이는 그 누구에게도 배운 적이 없어도 누구나 부모를 사랑할 줄 알게 된다는 것이다. 그러니까 사람은 나면서부터 사랑할 수 있게 프로그래밍 된, 태어나는 순간부터 사랑해도 되는 존재라는 뜻이다. 굳이 열여섯 살까지 기다리지 않아도 날 때부터, 곧 0살부터 사랑을 할 수 있고, 사랑해도 되는 존재가 바로 사람이라는 것이다.

맹자가 보기에 이는 아이와 부모가 혈연으로 연결되었기에 가능했다. 달리 말하면 물보다 진한 '피의 힘' 때문에 배우지 않고서도 부모를 사랑하게 된다는 것이다. 그런데 피의 힘은 촌수가 멀어질수록 약해진다. 잔잔한 연못에 돌을 던져 파문을 일으켰을 때 돌이 빠진 곳과 멀어질수록 파문이 약해지는 것과 같은 이치다. 하여 사랑도 혈연이 가까울수록 진하고 강해지며 멀수록 옅고 약해진다. 그리고 강한 사랑에 강하게 반응하고, 약한 사랑에 약하게 반응하는 것은 우리 사람들의 자연스러운 감정이다. 맹자는 이러한 통찰을 바탕으로 한 걸음 더 나아갔다. 혈연의 가깝고 멂에 따라 사랑의 정도에 차이가 남은 이처럼 몹시 당연하므로 윤리적으로도 가까운 혈육일수록 더욱 크게 사랑하고 멀수록 작게 사랑해야 한다고 규정했다. 사실 일 년에 한두 번 만나는 3촌보다 자주 만나는 8촌을 친척으로서 더 사랑하게 됨이 인지상정이다. 그럼에도 맹자의 견해에 따르면 그렇게 하면 윤리적으로 그른 행위라는 것이다. 이를 맹자의 시대에 적용하면 예컨대 이러하다. 당시는 군주가 자기 인척을 관직에 임용해도 아무 문제도 되지 않던 시절이다. 그래서 군주가 인척을 관리로 임용할 때 8촌과 더 친하다고 하여 그를 덜 친한 3촌보다 먼저 임용한다거나 더 높은 자리에 임용한다면 이는 문제가 된다. 심지어 이런 식으로 혈연관계의 가까움과 멂에 의거하지 않고 먼 친척을 가까운 친척보다 높게 등용하면 나라가 혼란해지고 나아가 망하게 된다며 강력하게 경고하기도 했다. 혈연에 기초한 사랑을 국가 통치의 성패와 식결할 정도로 혈연의 가깝고 멂에 기초한 사랑을 중시했음이다.

사랑에 대한 이러한 관점은 맹자만의 고유한 견해가 아니었다. 맹자가 사숙한 공자를 위시하여 유학자들은 공히 혈연의 가깝고 멂에 기초한 사랑을 무척 중시하였다. 이러한 사랑을 학자들은 '친애親愛' 내지 '별애別愛'라고 불렀다. 친애는 '혈연이 가까운 이를 더 사랑하다'는 뜻으로, 여기서 '친'은 혈연관계 또는 혈연관계에 놓여 있는 이를 가리킨다. 우리가 '친하다'고 할 때의 친함은 이렇듯 원래는 혈연관계인 사람 간의 감정을 가리키는 말이었다. 별애는 '구별하여 사랑하다'는 뜻으로 촌수를 따져, 그렇게 자신과 가깝고 멂을 구분하여 사랑한다는 뜻이다. 여기서 구별해야 하는 대상은 혈연관계에 국한되지 않는다. 별애의 다른 이름이 친애, 곧 혈연관계에 놓인 친한 사람만을 사랑한다는 뜻인 데서 알 수 있듯이 혈연과 비혈연도 당연히 구별해야 했다. 혈연관계 내에서는 촌수가 가까운 이를 먼 이보다 더 사랑함이, 혈연과 비혈연 중에서는 혈연관계인 이, 곧 혈육을 더 사랑하는 것이 윤리적으로 당연시되었다. 사랑할 수 있는 능력은 누구나 태어날 때부터 지니게 되지만 실제 사랑은 이렇듯 윤리학적으로 정해진 질서에 의거해야 했다.

여기서 친애라는 명칭에 좀 더 주목할 필요가 있다. 이는 타고난 사랑은 기본적으로 친, 그러니까 혈연관계 사이여야 비로소 일어나는 감정으로 본 결과다. 이에 기초하면 비혈연인 이들은 기본적으로 타고난 사랑을 기초로 하여 관계 맺을 수 있는 대상이 아니게 된다. 실제로 유가들은 비혈연인 이들과는 예법, 그러니까 윤리를 기초로 관계를 맺어야 하는 것으로 사유했다. 그래서 비혈연관계에서 형성되는 감정인 우정을 서구의 필로스처럼 사랑의 한 유형으로 다루지 않고 '우도友道', 그러니까 벗에 대한 도리의 차원에서 사유했다. 또한 비혈연관계에서 비롯되는 연인 간의 사랑도 윤리학, 곧 예로 규제하고자 했다. 가령 부부관계도 남편과 아내 상호 간의 상대에 대한 도리인 예를 중심으로 윤리학을 구성했지 이 둘 사이를 사랑이라는 각도에서 포착하지 않았다. 연인 간의 사랑을 서구의 에로스처럼 사랑의 한 유형으로 다루지 않고 성性이나 정情

같은 용어를 사용하여 사랑과 별개의 범주로 다룬 까닭이다.

배워야
할 수 있는 사랑

맹자가 살았던 시대는 훗날 제자백가라 불리는 지식인들이 다양한 사상을 들고나와 저마다 자기 사상이 옳음을, 또 쓸모 높음을 주장하던 시절이었다. 공자로부터 비롯되어 맹자, 순자 등에게 이어진 유가, 노자와 장자로 대표되는 도가, 한비자가 집대성한 법가 등 다채로운 사상이 각축을 벌이고 있었다.

그중 제법 높은 인기를 누렸던 사상이 묵가였다. 이는 묵자라는 인물이 기틀을 놓은 사상으로, 국가나 지배층의 통치에서 벗어나 소규모 공동체를 이루고 평화롭게 살자는 지향 덕분에 불우한 지식인은 물론 평민들에게도 호응이 무척 컸다. 평생 공자의 학설을 온 천하에 널리 펼치고자 했던 맹자가 보기에 이는 몹시 불편하고 잘못된 현상이었다. 그래서인지 맹자는 묵가 사상을 매우 신랄하게 비난하였다. 예컨대 이런 식이었다.

묵자의 학설이 소멸되지 아니하면 공자의 도는 드러나지 않게 된다. 이는 사악한 학설로 백성을 속여 어짊과 의로움의 도를 막은 것이다. 어짊과 의로움의 도를 막는 것은 짐승을 몰고 와서 사람을 잡아먹게 하고, 나아가 사람이 서로를 잡아먹게 하는 것이다.

- 『맹자』

　보통의 경우 사상은 사람을, 또 사회를 한층 인간답게 또 선하게 만들기 위해 고안된다. 그런데 묵자의 사상은 맹자가 보기에 그와는 정반대 방향으로 사람과 사회를 이끌었다. 묵자가 어짊과 의로움으로 대표되는 공자의 학설을 부정함으로써 사람을 짐승과 다름없게 만들었고, 급기야 서로서로 잡아먹는 야만의 상태로 사람과 사회를 몰고 간다는 이유에서였다. 한마디로 묵자가 표방한 바는 사람을 짐승으로, 사회를 야생으로 만드는 사악한 사상이라는 것이다. 결국 당시 가장 지지받던 사상을 맹자는 인간의 사상이 아닌 악마의 사상으로 몰았던 셈이다. 묵가 사상에 대한 견제가 얼마나 컸는지를, 묵가 사상이 천하에 만연해 있는 세태를 맹자가 얼마나 심각하게 여겼는지를 익히 알 수 있는 대목이다. 하여 이러한 물음을 던져 볼 수 있다. "맹자가 묵가 사상을 그렇게까지 신랄하게 비난한 근거는 무엇인가?"라는 물음말이다.

그 핵심 근거는 맹자의 "부모가 사라지게 된다"는 표현에 응축되어 있다. 그는 묵자만큼이나 성행했던 양주의 사상과 묵가 사상을 묶어 "양주의 나만을 위해야 한다는 학설은 임금을 부정한 것이고, 묵자의 겸애는 부모를 부정한 것이다. 부모를 부정하고 임금을 부정하는 이것이 금수다"(『맹자』)라며 원색적으로 헐뜯었다. 여기서 '겸애兼愛'는 '더불어 사랑하다'는 뜻으로 맹자 등 유가에서 말하는 혈연관계에 기초하여 구별하여 사랑한다는 친애, 곧 별애와 정확하게 반대된다. '겸'은 우리말로는 '더불어' 내지 '겸하여' 정도로 번역되지만, 겸애라고 쓰일 때의 실질적 뜻은 '구별하지 않다'이다. 혈연관계와 비혈연관계를 구별하지 말고, 함께 공동체를 이루고 사는 모두를 동등하게 사랑하자는 뜻이다. 이를테면 나의 부모라고 하여, 나의 자식이라고 하여 이웃의 부모나 자녀보다 더 사랑해서는 안 된다는 요구다.

맹자가 부모를 사라지게 한다며 비판한 대목이 바로 이를 두고 한 말이다. 가르치지 않아도 할 수 있게 되는 부모 사랑을 기초로 개인부터 국가에 이르는 윤리를 구축하였던 유가에게 묵가의 부모 사랑 부정은 단지 사랑에 대한 관점의 차이에 지나는 것이 아니었다. 타고난 사랑, 혈연에 기초한 사랑을 윤리와 밀접하게 연결해 놓은 유가로서는 유가의 윤리 전체가 부정당한 셈이 되니 맹자의 격한 비난이 십분 이해된다. 그러나 묵자는 더불어 사랑함만이 유일하고 참된 사랑이라고 주장하였다. 그는 "모든 사람을 두루 사랑한 후라야 사랑한 것이 되고", "사람을 두루 사랑하지 않으면 사람을 사랑한 것이 아니다"(『묵자』)라고 잘라 말했다. 이에 따르면 맹자처럼 혈육이라고 하여 사랑하고 혈육이 아니라고 사랑하지 않으면 결국 혈육도 사랑하지 않은 셈이 되고 만다. "묵가는 사랑 자체에 대하여 어떠한 관점을 지녔기에 이렇게 유가와는 극과 극으로 갈렸던 것일까?"라는 물음이 절로 떠오르는 대목이다.

묵가 사상이 담겨 있는 『묵자』에는 사람이 왜 사랑할 수 있게 되는가에 대한 언급이 보이지 않는다. 당연히 맹자가 말한 양지와 양능 같은, 선천적으로 타고 태어나는 사랑할 수 있는 능력에 대한 언급도 없다. 다만 가까운 혈육이라고 하여 더 사랑하고 그렇지 않으면 덜 사랑하며, 혈육이 아니면 사랑하지 않는 식의 사랑에서 벗어나야 한다는 주장이 담겨 있을 따름이다. 이를 위해서는 구별하지 않고 더불어 사랑할 힘을 키워야 한다고 요구했다. 묵가 공동체에는 '거자'라고 불리는, 공동체에서 역량이 가장 크고 묵가의 도리를 잘 갖춘 사람이 있는데, 공동체 구성원은 그를 본받으며 그와 같이 되고자 노력해야 한다. 묵자는 이 과정에서 더불어 사랑하는 능력을 키워

갈 수 있다고 보았다. 더불어 사랑하는 역량은 선천적으로 타고난 어떤 감정에 기초하는 것이 아니라, 이렇듯 공동체를 이루고 살면서 학습을 통해 후천적으로 익히는 것이다. 유가의 별애가 '타고난 사랑'이라면 겸애는 '학습된 사랑'이라는 얘기다.

무언가를 학습한다는 것은 의지의 소산이다. 더구나 지니고 있지 않았던, 경험해 보지 못했던 감정을 새로이 지니기 위해서는 의지가 절대적으로 필요하다. 사랑도 감정인 만큼 더불어 사랑하는 감정을 새로 지니기 위해서는, 그것도 일시적으로가 아니라 지속적으로 지니기 위해서는 강력한 의지가 요청된다. 게다가 현실적으로 묵가 공동체의 구성원이라고 하여 다 성인군자일 가능성은 하나도 없다. 따라서 의지를 강하게 지속할 수 있게 해 주는 그 무언가가 필요하다. 별애는 타고난 바가 아무런 의지나 의도 없이도 저절로 발현되지만 겸애는 의지의 지속적 작동을 위한 계기나 동력 역할을 해 줄 그 무엇이 필요하다는 얘기다. 일종의 보상 같은 것이 필요하다는 것이다.

그러한 보상은 "사람들을 사랑한다고 하는 데 자신을 사랑하는 것이 빠져 있지 않다. 자신도 사람의 하나인 만큼 사랑의 대상에 속해 있다. 자기 자신도 사랑하는 사람 가운데 있기에 사랑이 자신에게 가해진다. 이러한 이치에 따르면 자기를 사랑하는 것이 곧 사람들을 사랑하는 것이다"(『묵자』)와 같은 논리적 설득으로는 부족하다. 그보다는 무언가 확실한 실질적 보상이 필요했다.

이에 묵가는 사랑을 실질적 이로움과 직결하였다. 그는 "사람을 사랑함은 사람을 이롭게 하는 것으로, 이는 하늘의 뜻을 좇는 것이기에 하늘의 상급을 받게 된다"(『묵자』)고 전제한 후 다른 사람을 더불어 사랑하는 것은 실질적으로 자신에게 도움이 된다며 항상 사랑을 이로움과 연계하여 설파했다. 예컨대 내가 남의 자식을 사랑하면 상대방도 그에 대한 보답으로서 나의 자식에게 사랑을 베푼다는 식이었다. 사랑은 이렇듯 서로에게 혜택을 베푸는 이타적 행위라는 것이다. 따라서 더불어 사랑하면 서로를 이롭게 해 줄 수 있게 된다. 역으로 다른 사람을 미워하는 사람은 반드시 미움을 받고, 다른 사람을 해롭게 하는 사람은 반드시 손해를 입는 게 세상사 이치라고 보았다. 미워함은 사랑하지 않음이고, 사랑하지 않으면 실질적 도움이 되지 않는 자이니 미움을 받게 됨은 당연한 귀결이라는 것이다.

묵자는 이처럼 타인과의 관계를 '사랑-이익' 대 '미움-손해'
라는 구도로 수렴하여 보았다. 이 구도에서 보면 남을 사랑하
지 않는 것은 그에게 이익을 주지 않는 것이므로 결과적으로
이익을 나만 독점하게 된다. 곧 나만 이롭게 하는 것으로 이
는 나만 사랑하는 것이다. 이렇게 나만 사랑하면 나의 이익을
더 크게 하고자 남을 사랑하지 않는 데서 그치지 않고 더 나아
가 남을 해치게 된다. 그렇게 해서라도 나의 이익을 극대화하
고자 한다. 묵자는 그래서 군주들이 자기 나라만 사랑한 나머
지, 곧 다른 나라는 사랑하지 않은 나머지 다른 나라를 공격하
여 자기 나라만 이롭게 한다고 보았다. 남을 사랑하지 않음이
크게는 나라 간 전쟁으로 이어지는 '작지만 강한' 불씨라는 것
이다. 따라서 더불어 사랑하면 전쟁이라는 거대한 물리적 폭
력을 미연에 방지하게 된다. 묵자가 살았던 시대는, 또 맹자가
살았던 시대는 훗날 '싸우는 나라들의 시대'라는 뜻의 전국시
대라고 불렸을 정도로 전쟁이 일상화된 시절이었다. 맹자가
'나라를 부강케 한다는 명목으로 전쟁을 하지만 그 실상은 사
람들을 대규모로 몰아다가 온 성안과 들판을 시신으로 가득히
채워 땅의 신에게 인육을 바치는 행위일 따름'이라고 절규했
던 시대였다. 이런 양상으로 거듭되는 전쟁에서 가장 피해를
보는 쪽은 평민을 비롯한 힘없는 사회적 약자들이었다. 그러
니 전쟁을 미연에 막을 수 있다는 것만으로도 더불어 사랑하

청소년 고전 수업

기의 보상은 작지 않았다.

물론 전쟁 방지라는 이로움이 피부로 느껴지는 실질적 이익이 아닐 수도 있다. 그래서인지 묵자는 소규모 공동체를 이루어 살 것을 도모했다. 그 공동체 안에서 '교상리交相利', 그러니까 서로를 이롭게 해 주며 일상을 영위할 것을 지향했다. 그렇게 공동체 구성원이 서로를 구별하지 않고 이롭게 해 주면 이 과정에서 더불어 사랑하기가 실질적 도움이 됨을 쉬이 경험할 수 있게 된다. 더불어 사랑하기는 무조건적 사랑이나 이타적 헌신을 전제로 한 사랑이 아니었다. 사실 묵자는 세상을 철저하게 '이로움 대 해로움'의 각도에서 바라보았던 이였다. 그는 의로움이라는 것이 가령 공자나 맹자가 말한 것처럼 하늘의 도에 따라 인의예지 같은 도덕을 실천하는 것이라고 보지 않았다. 대신 사람을 이롭게 하는 것이 바로 정의라고 단언하였다. 이렇듯 묵자에게는 '더불어 사랑하기'가 먼저가 아니라 '서로를 이롭게 하기'가 먼저였다. '더불어 사랑하면 서로가 이롭게 된다'는 순서가 아니라 '서로 이롭게 하면 더불어 사랑하게 된다'는 순서인 것이다. 세상을 이렇게 보았기에 묵자는 자신 있게 더불어 사랑하기를 주장할 수 있었다.

이렇듯 묵자는 사랑 옆에 이로움이라는 것을 늘 두었다. 사랑이라고 쓰고 이로움이라고 읽어야 마땅할 정도로 사랑과 이로움을 한몸으로 여겼다. 이에 비해 맹자는 사랑 바로 곁에 가족, 혈연을 두었다. 그리고 맹자는 이를 토대로 그 위에 윤리를 구축했다. 결국 혈연을 기초로 하는 윤리의 자장 아래서 사랑을 바라보고 이해했음이다. 반면에 묵자는 이러한 사랑과 이로움의 조합에 무언가를 덧붙이지 않았다. 더불어 사랑함으로써, 곧 서로를 이롭게 함으로써 그 어떤 다툼도, 폭력 사용도, 나아가 전쟁도 없이 공동체 구성원 모두가 잘 살게 되면 그것으로 족하다고 보았다. 그래서 묵자는 더불어 사랑하기가 지속될 수 있다고 여겼다. 살아가면서 이로움은 늘 필요하기에 사랑하기도 늘 실천될 수 있다는 것이다. 게다가 사랑은 늘 현재진행형이다. 사랑은 멈추면 그 순간부터 더는 사랑이지 않게 된다. 따라서 사랑은 지속될 때 비로소 사랑으로 존재하게 된다. 사랑에 완성이 있다면 그것은 사랑 지속의 실현이다. 맹자는 사람은 누구나 사랑을 시작할 수 있는 역량을 타고태어나지만 사랑의 지속은 사랑의 힘이 아닌 윤리의 힘으로 가능하다고 보았다. 반면에 묵자는 사랑은 열심히 배워야 시작할 수 있다고 보았지만 그렇게 학습한 사랑은 사랑의 힘, 곧 상대를 이롭게 하는 힘에 의지하여 지속될 수 있다고 보았다. 유가의 별애보다는 묵가의 겸애가 한층 현실적이고 지속 가능했던 이유다.

그렇다고 유가의 사랑과 묵가의 사랑 사이에 우열이 있다고 할 수는 없다. 둘 다 장단점을 공히 지니고 있기에 단순 비교는 무의미하다. 이를테면 유가의 사랑은 사랑을 시작하기에는 용이하지만 이를 윤리의 힘으로 지속하기는 녹록지 않다. 반면 묵가의 사랑은 시작하기에는 어렵지만 시작한 사랑을 이로움의 힘으로 지속하는 건 상대적으로 수월하다. 또한 이 둘은 모두 국가 경영이라는 각도에서는 사랑에 대한 유용한 통찰을 담고 있지만, 연인 간의 사랑과 같은 개인 간의 사랑을 통찰하는 데는 그다지 신통치 못하기도 한다. 유가나 묵가의 사랑에 대한 통찰은 그저 우리가 사랑에 대하여 사유하는 데의 수많은 참조 거리 중에 한둘일 따름인 것이다.

사랑의 야반도주, 그 결말은?
— 사마상여와 탁문군의 이야기

조혜원

    일주일 만에 진정한 사랑을 찾을 수 있을까? 어떤 사람은 일주일이라는 시간이 사랑에 빠지기에 아주 짧은 시간이라고 생각할 것이고, 또 어떤 사람은 운명적인 사랑이라면 일주일보다 더 짧은 시간에도 시작될 수 있다고 생각할 것이다. 그렇다면 다른 질문을 던져 보겠다. 돈과 사랑, 둘 중에 무엇을 선택하겠는가? 사랑과 돈은 인간의 근본적이고 대체 불가능한 욕구에 속하기 때문에 둘 중 하나만 선택하는 것은 상당히 어려운 일이다. 돈을 고르자니 자신이 마치 속물적인 사람이 된 것만 같고, 사랑 없는 삶은 외롭고 무미건조하다는 생각이 들 것이다. 그렇다고 사랑을 고르자니 당장 굶어 죽을 처지에 그게 다 무슨 소용인가 싶고, 돈 때문에 연인을 떠나는 드라마나 영화를 보면 애초에 돈 없는 사랑이 가능한가 의심이 들기도 한다.

어느덧 시즌 4까지 방영한 연애 리얼리티 「러브캐처」는 이러한 질문에서 출발하여 만들어진 예능 프로그램이다. 이 프로그램에는 7박 8일 동안 사랑을 목적으로 출연한 '러브캐처'와 돈을 목적으로 출연한 '머니캐처'가 등장하는데, 이들은 서로의 정체를 숨기고 자신의 짝을 찾는다. 그리고 만약 '머니캐처'가 '러브캐처'와 최종 커플이 되면 '머니캐처'가 우승 상금을 받는 방식으로 진행된다. 지금까지 여러 커플이 탄생하였는데, 그중에 '러브캐처'로 정체를 바꾼 '머니캐처'들도 있다. 즉 이들은 짧은 사랑의 여정을 통하여 다른 출연자와 사랑에 빠져서 자신의 진정한 사랑과 함께하기 위하여 상금을 포기했다. 사랑을 위해 돈을 포기한 이들의 사랑은 다른 커플들에 비해 더 뜨거운 대중들의 응원을 받았다. 경제적 여유가 있지 않으면 사랑도 포기하는 시대에 돈을 포기하고 사랑을 택한다니, 얼마나 낭만적인 결말인가.

중국에서 아주 오랫동안 사랑받고 있는 사마상여와 탁문군의 사랑 이야기 또한 이와 비슷하다. 이 이야기는 한마디로 요약하자면 부유한 탁문군이 가난한 사마상여와 사랑에 빠져서 아버지의 반대에도 불구하고 돈 대신 사랑을 선택한다는 내용이다. 이렇게 보면 사마상여와 탁문군의 사랑 이야기 역시 흔한 로맨스 중 하나로 보인다. 동서고금을 막론하고 사람들이 가장 열광하는 이야기 소재 중 하나가 사랑인 만큼, 그동안 수많은 사랑 이야기가 쏟아져 나왔다. 그중 가난한 자와 부유한 자의 사랑 이야기, 부모님의 반대를 극복하여 사랑을 지켜 낸 이야기, 사랑하는 연인을 위해 다른 무언가를 포기하는 이야기를 떠올리는 일은 어렵지 않다. 그럼에도 불구하고 사마상여와 탁문군의 사랑 이야기가 중국의 전통 공연, 드라마, 영화 등의 소재로 꾸준히 활용되며 오늘날까지도 사람들에게 많이 회자되는 이유는 무엇일까? 지금부터 사마상여와 탁문군 사이에 일어난 사건들을 살펴보며 이들의 이야기만이 가지고 있는 특별한 점을 찾아보자.

사랑은
거문고를 타고

촉군蜀郡 성도成都에 사마상여司馬相如라는 자가 있었다. 경제景帝가 재위하던 때, 사마상여는 황제를 호위하며 맹수와 대적하는 무기상시武騎常侍라는 벼슬을 얻었다. 그는 돈을 주고 얻은 벼슬임에도 달가워하지 않았는데, 사마상여는 무예

보다 문장에 더 관심이 많았기 때문이었다. 그러던 어느 날 양 효왕梁孝王이 추양鄒陽, 매승枚乘 등 뛰어난 글 실력을 갖춘 자들과 함께 황제를 알현하였다. 문인들과 함께 보내는 시간이 아주 좋았던 사마상여는 병을 핑계로 벼슬을 그만두고 양 효왕의 문객이 되었다. 이렇게 문인들과 즐겁게 지내던 것도 잠시, 양 효왕이 세상을 떠나자 그의 곁에 머물던 문인들은 뿔뿔이 흩어졌고 사마상여 역시 고향으로 발걸음을 옮겼다. 벼슬이 없고 생업으로 삼을 일도 없었으며 집안이 가난하였던 그는 먹고 살길이 막막하였다. 한편 왕길王吉이라는 임공臨邛의 현령은 사마상여가 고향으로 돌아왔다는 소식을 듣고선 사마상여에게 찾아와 같이 지낼 것을 권유하였다. 이들은 평소에 알고 지내던 사이였기에 사마상여는 왕길을 따라 임공에 머무르게 되었다.

임공에는 몇몇 부자들이 있었는데 탁왕손卓王孫도 그중 하나였다. 그의 집안은 철 제련업으로 많은 돈을 벌었는데, 노비와 식객이 800명이나 있을 정도였다. 그는 왕길에게 귀한 손님이 있다는 것을 알고 왕길과 사마상여를 집으로 초대하였는데, 사마상여는 병을 핑계로 탁왕손의 초대를 거절하였다. 왕길이 이 소식을 듣고 사마상여에게 같이 연회에 가자며 직접 찾아오자, 사마상여는 하는 수 없이 연회장으로 들어섰다. 사마상여가 연회장에 등장하는 순간, 연회장에 있던 사람들이 그를 보기 위하여 몸을 기울일 정도로 사마상여에게 많은 관심이 쏠렸다.

한창 연회의 분위기가 무르익었을 때, 왕길은 사마상여에게 거문고를 연주해 달라고 요청하였고 사마상여는 이를 사양하다가 결국 한두 곡조를 연주하였다. 이때 사마상여를 문틈으로 몰래 엿보는 이가 있었으니, 그는 바로 탁왕손의 딸인 탁문군卓文君이었다. 그녀는 열일곱 살의 나이로 과부가 되어 친정에 머무르고 있었기에 사마상여의 거문고 연주를 들었던 것이다. 그의 뛰어난 거문고 연주는 탁문군의 귀뿐 아니라 마음까지 사로잡을 만하여, 탁문군은 자신이 사마상여의 배우자가 되기에 적합한지 걱정할 정도로 조바심을 내었다. 『옥대신영玉臺新詠』에 따르면 사마상여가 탁왕손의 연회에서 거문고를 연주하며 읊은 시의 내용은 다음과 같다.

> 봉새여, 봉새여, 고향으로 돌아와
> 사해를 돌며 황새를 찾는구나.
> 때를 못 만나 얻지 못하였는데
> 오늘 밤 이 대청에 오를 줄 어찌 알았더냐.
> 아리따운 여인이 규방에 있는데

방은 가깝지만 사람이 멀어 나의 마음을 아프게 하는구나.

어찌 하여야 목을 맞대는 한 쌍의 원앙이 되어

서로 오르락내리락하며 날 수 있는가!

황새여, 황새여, 나를 따라와 깃들어라.

몸을 맡겨 새끼를 낳아 영원한 짝이 되어 주게.

정을 나누고 몸을 통하며 마음이 화합하니

한밤중에 서로 따른다고 하여 누가 알겠는가.

두 날개 함께 펴고 높이 날아올라

날 슬프게 하지는 말아다오.

　이 시는 세상을 떠돌며 평생 함께할 짝을 찾다가 우연히 한 여인에게 반하여 그녀에게 마음을 전하고자 하는 바람이 담겨 있다. 시의 화자는 상대에게 자신의 마음을 고백하며 한밤중에 아무도 모르게 도망가자고 제안하였다. 이렇게 누군가를 유혹하는 시를 노래한 것을 보면 사마상여 역시 연회에 관심 있는 사람이 있었던 걸까? 후세의 학자들에 의하면 사마상여가 거문고를 연주한 이유는 왕길의 요청을 존중하는 동시에 자신의 마음을 탁문군에게 표현하고자 하였기 때문이라고 전해진다.

술자리가 끝난 이후 사마상여는 탁문군의 시종을 통하여 탁
문군에게 선물과 함께 자신의 속마음을 전달하였다. 사마상여
의 마음 역시 본인과 같다는 사실을 알게 된 탁문군은 사마상
여에게 달려갔고, 정분이 나 버린 이들은 사마상여의 집이 있
는 성도成都로 도망쳤다. 사마상여가 연회에서 노래하였던 시
의 내용대로 여인과 함께 어둠을 헤치며 멀리 달아나 버린 것
이다. 이쯤에서 우리는 "사마상여는 왜 탁문군과 같이 도망쳤
을까?"라는 물음을 던져 볼 필요가 있다. 자세히 읽어 보면 탁
문군은 사마상여의 음악적 재능에 반하였음을 짐작할 수 있으
나, 사마상여는 탁문군의 어느 부분에 매료되었는지 알 수 없
다. 『사기史記』나 『한서漢書』 등 역사적 기록에는 이와 관련된 서
술이 없으니 판단은 우리들의 몫이다. 사람이 자신의 연인 혹
은 배우자를 선택하는 기준은 외모, 성격, 경제력, 사회적 지
위, 가치관 등 다양하니, 이 질문에 대한 답도 다양하게 나올
수 있다. 일단 사마상여가 탁문군을 좋아한 이유가 외모라고
가정해 보자. 사람은 누군가를 처음 만났을 때 외모와 같은 표
면적인 요소에 가장 먼저 반응한다. 책이나 드라마에서 흔히
나오는, 매력적인 외모의 소유자에게 첫눈에 반한 주인공처럼
사마상여 역시 그랬을지도 모른다. 실제로 탁문군은 눈썹 색
이 마치 먼 산을 바라보는 듯하였고 두 뺨이 연꽃과 같았으며
피부가 기름처럼 매끄러운 미인이었다는 기록이 있는 걸 보면

탁문군의 외모는 훌륭하였던 것으로 보인다. 탁왕손이 개최한 연회에서 두 사람이 처음 만났다는 점을 고려하면, '탁문군이 이상적인 외모를 가진 여성이었기 때문에 사마상여가 그녀에게 첫눈에 반하였다'라는 주장은 타당하다.

그러나 사마상여가 탁문군과 함께 달아나기로 한 이유에 탁문군의 미모만 있었다고 단정 지을 수는 없다. 어떤 학자들은 사마상여가 탁왕손의 연회에 참석하기 전부터 탁문군이 총명하고 아름다운 외모를 가진 여성임을 알고 탁문군에게 의도적으로 접근한 것이라고 주장한다. 이들의 주장에 따르면 사마상여는 사전에 탁문군이 풍류를 즐기는 여인임을 알았기 때문에 탁문군을 유혹하고자 거문고를 연주하였다. 이렇게 사마상여가 계획적으로 탁문군에게 다가간 이유는 탁왕손의 재산이 탐났기 때문이라는 의견인데, 탁문군은 대부호의 딸이고 사마상여는 가난한 집안의 아들이라는 사실을 고려하면 충분히 가능성이 있는 이야기다. 실제로 탁문군이 탁왕손의 재산을 물려받아 사마상여와 풍족하게 살기도 하였으니, 돈 또한 사마상여가 탁문군에게 자신의 속마음을 표현한 계기 중 하나가 될 수 있다.

이를 종합하면 사마상여는 탁문군이 뛰어난 미모의 여성이면서 동시에 엄청난 재산을 가진 집안의 딸이기 때문에 그녀와 함께 성도로 도망쳤다. 그렇다면 사마상여는 탁문군에게 사랑이라는 감정을 느꼈을까, 아니면 오로지 조건만 보고 같이 살기로 하였을까? 이에 대한 답은 두 사람이 성도로 도망친 이후의 이야기를 읽고 각자 생각해 보자.

응원받지 못한 이들의 사랑

만약 이 이야기가 동화였다면 "그렇게 두 사람은 행복하게 잘 살았답니다."라는 말로 끝맺어졌을 것이다. 그러나 사마상여와 탁문군의 이야기는 현실이었다. 그들은 시작부터 경제적 어려움이라는 난관에 봉착하였다. 사마상여의 집은 네 개의 벽만이 있을 뿐 텅 비어 있었고 사마상여와 탁문군은 도망칠 때 재물도 많이 가져오지 않았기 때문에 그들의 생활은 몹시 궁핍할 수밖에 없었다. 그렇다고 해서 탁문군의 부유한 친정에서 금전적인 지원을 받을 수 있는 것도 아니었다. 사마상여와 탁문군이 도망친 후 뒤늦게 이 사실을 알게 된 탁왕손이 이들에게 한 푼의 돈도 주지 않겠다고 화를 내었기 때문이다. 소중한 딸이 사랑하는 사람과 함께하겠다는 것뿐인데 이렇게 외면해 버리다니, 지나치게 가혹한 처사가 아닐 수 없다. 사마상여를 집으로 직접 초대하여 그를 현령의 손님으로서 맞이할 때는 언제고, 하루아침에 이렇게 태도가 돌변해도 되는지 의문스럽다. 하지만 탁왕손은 그렇게 행동할 만한 합리적인 이유가 있었다.

탁왕손은 자신의 허락도 없이 딸이 자신의 손님과 함께 몰래 달아나 버렸기 때문에 이들을 괘씸하게 여겼다. 오늘날에도 자식의 배우자를 결정하는 일에 있어 부모의 개입이 없지 않듯이, 고대 중국 사회에서는 부모가 자식의 배우자 선택에 관여하는 것이 당연하였고 심지어 오늘날보다 개입의 정도가 심하였다. 그런 시대적 상황에서 아버지에게 한마디의 말도 하지 않은 채 탁문군이 자기 마음대로 자신의 짝을 결정지어 버렸다. 그렇게 결정한 딸의 짝이 모든 방면에서 뛰어난 인물이었다면 좋았으련만, 사마상여는 탁왕손의 눈에 안 차는 사윗감이었다. 사마상여가 현령의 귀한 손님이라곤 하나 탁왕손의 집안보다 경제적 사정이 아주 좋지 않고 나이도 훨씬 많고 변변찮은 벼슬조차 없기 때문이다. 또한 사마상여와 탁문군이 정식적인 혼례를 치르지 않고 사사로이 정을 통하였다는 점도 탁왕손이 화난 이유 중 하나다. 오늘날 일부러 결혼식을 생략하는 부부도 있는데, 형식적으로 혼례를 치르지 않은 것이 왜 문제가 되는 걸까? 이를 이해하기 위하여 고대 중국과 현대 사회에서 혼인의 의미가 어떻게 다른지 자세히 살펴보자.

요즘 부부들은 혼인 서약을 할 때 "검은 머리가 파뿌리 되도록 사랑하겠습니다.", "남편과(혹은 아내와) 알콩달콩 행복하게 살겠습니다."와 같은 말들을 한다. 이처럼 현대인에게 있어 혼인은 두 사람 사이에 사랑이라는 감정이 존재한다는 전제가 보편적으로 깔려 있다. 그리고 옛날이나 지금이나 혼인하고 싶은 연인이 생기면 부모에게 허락을 받긴 하지만, 요즘 사회에서 평생 함께할 배우자를 선택할 때 가장 중요한 요소는 혼인 당사자의 의견이다. 부모 혹은 조부모가 자식들의 의사와 상관없이 정략혼인을 추진하는 모습은 텔레비전 드라마나 영화 속에서 흔하긴 하지만, 현실에서 보기 어렵다. 즉, 현대 사회에서 혼인은 어디까지나 혼인 당사자 개인의 영역이다. 혼인하는 것도, 하지 않는 것도 모두 개인의 선택이며 누구와 혼인할지의 문제는 개인이 결정하는 일이다. 그러나 고대 중국에서 혼인은 집안 간의 계약으로 여겨졌고, 두 집안의 결합을 바탕으로 새로운 공동체를 구성한다는 사회적 의미가 지금보다 더 강하였다. 당시에 혼인을 성사시키는 과정에서 혼인 당사자들의 개인적인 감정은 중요하지 않았고 자식의 배우자 선택에서 부모의 의사가 절대적으로 작용하였다. 『맹자孟子』에 "남자가 태어나면 그를 위하여 아내가 있기를 원하며, 여자가 태어나면 그를 위하여 남편이 있기를 원하는 것은 부모의 마음인데, 사람은 모두 이러한 마음을 가지고 있다. 부모의 명령과 중매쟁이의 말을 기다리지 않고 구멍을 뚫어 그 틈으로 서로 엿보고 담을 넘어 서로를 따르면, 부모와 나라 사람들이 모두 천하게 여긴다."라는 기록이 있다. 사마상여와 탁문군 이후의 시대에 살았던 반고班固 역시 『백호통의白虎通義』에서 아내와 남편의 연을 맺는 과정에 부모의 결정과 중매쟁이가 필요하다고 말하였다. 이처럼 고대 중국 사회에서 남자와 여자가 혼인하려면 부모의 허락과 중매쟁이의 개입이 필수적이었다. 혼인이 서로 다른 두 집안의 결합이라는 측면에서 부모의 허락이 요구되는 것이라면, 혼인 당사자들과 혈연적 관계가 없는 중매쟁이는 어떠한 이유로 중요하게 여겨졌던 걸까? 오늘날 한 연인이 부부가 되고자 하면 프러포즈를 통해 당사자들의 결혼 의사를 확인하고 양가 식구가 만나 서로 인사하는 과정을 거쳐 결혼식을 올리는 것이 일반적이다. 이에 비하여 중국의 전통 혼례 절차는 다소 복잡한 편으로, 여섯 단계를 거쳐야만 비로소 부부가 될 수 있었다. 중매쟁이는 남자의 집안에서 여자 측에 혼담을 넣는 단계에서부터 최종적으로 신랑이 신부의 집에 가서 신부를 맞이하는 단계까지 절차 대부분에 참여하였으며 그가 맡은 역할은 중요하였다. 이 중매쟁이 없이 혼인한다는 것은 의례적 절차를 하나도 거치지 않아 법도에 어긋나는 행위였고, 고대 중국에서는 혼인의 예를 제대로 지키지 않으면 큰 사회적 혼란이 초래된다고 생각하였다. 즉 사마상여와 탁문군이 저지른 사랑의 야반도주는 사회적 관습에서 벗어난 행위였기 때문에, 당시 사회에서 긍정적인 시선으로 바라보기 어려웠다.

돈이냐, 사랑이냐?
사랑을 택한 탁문군

이처럼 사마상여와 탁문군이 처한 상황은 썩 좋지 않았지만 그렇다고 해서 탁문군이 사랑을 포기한 것은 아니었다. 그녀는 경제적으로 어렵더라도 사랑하는 사람과 함께 살길 원하였기 때문에 임공으로 돌아가서 돈을 벌 방법을 찾았다. 그것은 바로 장사였다. 사마상여와 탁문군은 가지고 있었던 수레와 말을 팔아 장사 밑천을 벌고 집 한 채를 샀다. 그 집에서 탁문군은 술을 팔았고 사마상여는 하인들과 함께 잡일을 하거나 술잔을 닦으며 생계를 유지하였다.

탁문군이 집을 떠나 사마상여와 함께 술집을 운영한다는 소식은 탁왕손에게도 전해졌다. 탁왕손은 금지옥엽으로 키웠던 딸이 돈이 없어 고생한다는 이야기를 듣고 안쓰러워하기는커녕, 오히려 이를 부끄러워하며 외출도 하지 않았다. 그러자 그의 가족들은 탁왕손에게 이렇게 말하였다. "당신에게 한 명의 아들과 두 명의 딸이 있고 부족한 것은 재산이 아닙니다. 지금 탁문군이 이미 사마상여에게 몸을 주었고, 사마상여는 벼슬살이에 싫증이 났습니다. 비록 가난하더라도 그 인재는 의지할 만합니다. 또한 그는 현령의 손님인데, 어찌하여 그들을 이처럼 욕되게 합니까!" 딸에게 절대 돈 한 푼 안 주겠다던 탁왕손의 결심은 마침내 무너지고 말았다. 탁왕손은 딸에게 노비 100명, 돈 100만 전, 그리고 시집갈 때 주고자 하였던 의복과 재물을 보내 주었고, 탁문군은 이 재물들을 가지고 사마상여와 함께 성도로 돌아가 밭과 논을 사서 부유하게 살았다.

그후 오랜 시간이 지나고 사마상여에게 다시 벼슬길에 오를 수 있는 일생일대의 기회가 찾아온다. 경제를 이어 황제의 자리에 오른 무제武帝가 사마상여를 궁에 불렀는데, 벼슬을 내려놓은 그를 궁에 부른 이유는 무엇이었을까? 바로 사마상여가 이전에 지었던 「자허부子虛賦」 때문이었다. 어느 날 무제는 「자허부」를 읽고 "짐이 어찌 이를 지은 자와 같은 시대에 살지 못하였는가!"라며 탄식하자, 곁에 있던 양득의楊得意라는 자가 「자허부」는 사마상여의 글이라고 알려 주었다. 이에 무제는 「자허부」를 지은 사마상여를 직접 만나고자 궁으로 불렀다. 황제의 부름에 궁으로 온 사마상여는 무제에게 새로 글을 지어 바

쳤는데, 「자허부」에 이어 그 글 또한 마음에 들었던 무제는 사마상여를 낭(郞)으로 임명하였다. 이때 사마상여가 지은 작품이 바로 「상림부(上林賦)」로, 「자허부」와 함께 한(漢)대 대표 부(賦) 작품 중 하나로 꼽히는 명작이다. 그 이후로도 사마상여는 자신의 능력을 인정받아 출세 가도를 달렸고, 많은 사람이 소와 술을 바치며 사마상여의 환심을 사고자 노력할 정도였다. 그때야 탁왕손은 과거에 자신이 직접 딸을 사마상여에게 시집 보내지 않았던 점을 안타깝게 여겼다. 그는 자신의 딸과 함께 남몰래 도망쳐 고생만 하던 못난 사위가 이렇게까지 사회적으로 높은 지위에 오를 줄 몰랐음을 탄식하며 딸에게 자신의 재산을 후하게 주었다. 이렇게 금전적으로 여유롭지 않고 벼슬도 없었던 사위가 황제에게 능력을 높이 평가받아 누구나 탐내는 사윗감이 된 것은 이 이야기의 흥미로운 부분이다. 이전에 사마상여와 탁문군이 술집을 차렸을 때 탁왕손이 탁문군에게 경제적 지원을 해 준 이유는 주변 사람들의 설득 때문이었다. 그러다 황제가 사마상여의 문장을 인정하여 사마상여가 높은 지위에 오르자 그때야 탁왕손은 사마상여를 인정하였다. 다시 말해, 사마상여는 제삼자의 도움 없이 스스로 자신이 사랑하는 여인의 아버지에게 인정받았다. 이로써 사마상여와 탁문군의 사랑 이야기는 이들의 힘으로 직접 완성하였다고 볼 수 있다.

'중요한 건 꺾이지 않는 마음'이라고 했던가. 탁문군은 아버지의 반대에도 물러나지 않았기에 사마상여와의 도피를 감행하였던 자신의 선택이 틀리지 않았음을 증명할 수 있었다. 만약 탁문군이 사마상여의 가난한 환경 때문에 사랑을 포기하고 친정으로 돌아갔더라면, 출세한 사마상여를 보고 후회하고 있을 사람은 탁왕손 뿐만이 아니었을 것이다. 그리고 이들의 사랑 이야기는 후대 사람들에게 전해지지 않았을지도 모른다. 이렇듯 사랑은 상대에 관한 관심 하나만으로 완성되지 않으며 사랑을 지속하기 위해서 그 외의 조건들이 필요하다. 예를 들면 상대를 온전히 이해하려는 태도, 사랑하면서 선택의 갈림길에 섰을 때 주체적으로 결정하는 결단력, 그리고 선택에 따른 결과를 책임질 준비와 같은 요소들 말이다. 사마상여와 탁문군 역시 함께할 미래가 불투명하였으나 사랑을 위해 용기내고 어려움을 같이 극복하고자 노력하였다. 이는 많은 사람에게 감동을 불러일으켰기에, 이들의 이야기가 그저 흔한 가난한 남성과 부유한 여성의 이야기로 평가받지 않고 2,200여 년이 지난 지금까지도 사랑받는 것이다.

사랑의 여러 모양

— 현진건의 『무영탑』에 담긴 사랑 이야기들

서지애

들어가며
:『무영탑』은 사랑 이야기

　　내 또래들이 누볐던 대표적인 수학여행지 중 한 곳은 단연코 '경주'다. 그리고 불국사는 경주라면 빼놓을 수 없는 명소일 테다. 요즘은 현금을 잘 쓰지 않으니 짤랑짤랑 동전을 들고 다닐 일도, 더군다나 10원짜리를 손에 쥘 일은 갈수록 드물지만, 동전에 당당히 새겨진 탑을 보러 간다는 생각에 기대가 한껏 부풀었던 기억이 난다. 국보 제20호로 지정된 다보탑이 동전으로 유명하다면, 나란히 위치한 국보 제21호 석가탑은 무영탑 전설로 잘 알려져 있다. 출처에 따라 상세한 내용은 조금씩 다르지만, 통일신라 시기에 석공 아사달이 석가탑을 만드는 동안 탑의 그림자가 절 바깥의 못에 드리우길 애타게 기다리던 아사녀가 결국 그림자를 보지 못하고 못에 빠져 죽었다는 내용이 전설의 대강이다. 그래서 석가탑에 그림자가 없는 탑, 즉 '무영탑無影塔'이라는 이름이 붙었다는 것이다. 무영탑 전설을 아주 건성으로 기억했던 나는 애꿎은 땅바닥에 그림자가 있나 없나를 확인하며 조금은 싱거워했었다.

이 장에서 함께 맛볼 현진건(1900-1943)의 『무영탑』(1939)[1]은 바로 그 전설을 모델 삼은 근대 장편소설이다. 현진건은 『술 권하는 사회』(1921), 『운수 좋은 날』(1924), 『B사감과 러브레터』(1925) 등 우리에게 익숙한 단편을 많이 남겼다. 『무영탑』은 두어 편 되는 그의 드문 장편소설 중 하나로, 1938년 7월 20일부터 1939년 2월 7일까지 164회에 걸쳐 『동아일보』에 연재된 후, 단행본으로 출간됐다. 이 소설은 어디에 초점을 두느냐에 따라 다양한 읽기와 감상을 할 수 있다. 여러 버전의 전설들과 소설의 디테일을 비교해 보는 것이 하나의 재미이고, 일

---

1 이 글에서 인용하는 『무영탑』의 본문은 한국저작권위원회가 운영하는 공유 저작물 사이트 〈공유마당〉에서 열람 가능하다. 인용문 뒤 괄호 안에는 해당 본문이 등장하는 절을 표시하였다. https://gongu.copyright.or.kr/gongu/wrt/wrt/view.do?wrtSn=9002103&menuNo=200150

제강점기를 살았던 저자의 역사의식과 민족주의 정신을 찾아 볼 수도 있다. 그렇지만 우리는 이 책의 줄기와 잎맥을 구성하는 사랑 이야기에 초점을 맞추기에도 꽤 바쁘다.

 그만큼 『무영탑』은 여러 모양의 사랑 이야기로 가득 차 있다. 물론 이 사랑 이야기들이 세상의 모든 사랑의 모양을 보여주는 것은 아니다. 단적인 예로, 『무영탑』에 등장하는 이들은 뒤를 돌아보지 않는 사랑을 한다. 세상엔 뜨뜻미지근한 사랑을 하는 사람들도 있을 텐데 말이다. 하지만, 이들의 꺼질 줄 모르는 사랑은 서로 얽히고설키며 풍부한 내러티브를 자아내고, 읽는 이의 감정을 부추겨 작품 안으로 뛰어들어 상상의 나래를 펴게 한다. 그리고 마지막 페이지를 덮고 소설 밖으로 나왔을 땐, 작품에 비추어 잠시나마 우리네의 사랑을 돌아보게 되지 않을까? 누군가에게는 비극으로 읽히고, 또 누군가에게는 아름답고 숭고하게 느껴질 현진건의 소설 『무영탑』을 견인해 가는 사랑 이야기들을 소개하고자 한다.

물불 가리지 않는
'돌직구' 사랑

　　사랑을 비롯한 n가지를 포기한 젊은이들을 뜻하는 'n포 세대'라는 말이 나온 지도 한참인데, 연애 버라이어티 쇼의 인기는 식을 줄 모른다. 사랑에 관한 관심이 커진 걸까, 아니면 대리 만족의 수요가 큰 걸까? 이유야 어느 쪽이든, 용기 있는 출연자들이 뿜어내는 사랑의 열기는 시청자들을 훅 끌어당기는 힘이 있다. 『무영탑』을 읽을 때도 이에 못지않은 매료를 느낀다. 출연자들 사이에 이리저리 그어지는 '사랑의 작대기'를 빌려 와 『무영탑』의 인물 관계도를 그려야 할 것 같다. 김이 샐 수는 있지만 결말을 미리 얘기하자면, 이 소설에 등장하는 사랑들은 '행복하게 살았답니다'라는 식의 해피엔딩을 죄다 비껴간다. 심지어 파국으로 치닫는다고 해도 과언이 아닌데, 저들의 행보는 앞으로 마주할 사랑의 결말을 아는지 모르는지 그저 돌진이다. 주요 등장인물들을 소개할 겸, 이들의 변화구 없는 사랑꾼 면모를 살펴보자.

　　무영탑 전설을 접해 본 적 있다면, 아사달과 아사녀라는 이름이 매우 낯익을 것이다. 어떤 버전의 전설은 이들의 관계를 남매로 설정하지만, 『무영탑』에서 아사달^{阿斯達}과 아사녀^{阿斯女}는 혼인한 지 한 해 만에 생이별하게 된 부부다. 불국사의 다보탑과 석가탑을 건설하는 일은 뛰어난 석공 아사달이 '예술적 대원'(16절)을 이룰 수 있는 절호의 기회였다. 솜씨를 맘껏 발휘해 볼 생각에 가슴이 뛰고, 스승이자 장인인 부석(扶石)의 열렬한 응원도 받았건만, 아사달의 마음을 뻑적지근하게 만드는 이는 부인 아사녀였다. 우리 시대의 표현으로는 '롱디'[2]의 시작이었던 셈이다. 전화도 문자 메시지도 없던 시절, 아사달은 당장 고향으로 달려가고 싶은 마음을 돌을 쪼며 버텨 낸다.

한편, 남편이 멀리 떠나 있는 사이에 아버지까지 여읜 아사녀는 남편이 새장가를 들었다는 헛소문과 홀로된 외로움을 견디고 있었다. 금방이라도 아사달이 들어올까 사립문을 거듭 내다보고, 밥 한 그릇을 더 올린 겸상을 차려 두고 남편을 그리워했다.

> 금시로 들어설 듯 들어설 듯하여 사립문을 내다보고 또 내다보았다. '어서 밥을 지어 놓아야.' 그는 부리나케 물을 긷고 쌀을 씻어 밥을 지었다. 밥솥에 불을 지피면서도 몇 번을 내다보곤 하였다. 밥을 다 지어 놓고 아사달의 몫으로 밥 한 그릇을

---

2 "해외 취업이나 유학, 지방 근무 따위로 서로 멀리 떨어져 살면서 하는 연애" 『우리말 샘』

떴다. […] 오래간만에 차려 놓은 겸상! 밥 한 그릇 더 올려놓은 것만 보아도 휑뎅그렁한 집 안이 그득히 차는 듯하였다. 밥상을 차려다 놓고 행길에 나와서 서울 길을 눈이 빠지도록 바라보았다. '내가 미쳤나?' 다시 들어와 숟가락을 들었으나 목이 메이어 밥이 넘어가지를 않았다.(70절)

독수공방 중에 신변의 위협을 느끼는 일도 여러 번, 그나마 의지했던 팽개影介가 자신에게 흑심을 품고 있었다는 사실까지 드러나자, 아사녀는 직접 아사달을 찾아가기로 마음먹는다. 하지만 목숨을 걸고 먼 길을 걸어 찾아간 불국사에서는 문전박대를 당하고, 은인인 줄 알았던 노파는 아사녀를 팔아넘기려 하는 등 기구한 운명이 그녀를 기다리고 있었다. 결국 아사녀는 석가탑의 모습이 드리우길 기다리며 매일같이 들여다보았던 그림자못에 몸을 던지게 된다. 석가탑이 완성되기 단 하루 전의 일이다.

드디어 석가탑을 완성한 아사달은 아사녀를 만날 생각에 마음이 부풀었지만, 그녀는 이미 이 세상 사람이 아니었다. 아사달은 해가 뜨고 지도록 아사녀가 빠져 죽은 그림자못을 배회하다가 아내의 환영을 본다. 그리고 또다시 해가 뜨고 지도록 행여 그 모습을 잊을세라 아내의 모습을 돌에 새겨 낸다.

어젯밤에 나타난 안해[3]의 모양은 영절스럽게 또렷또렷하였다. 비록 환영일망정 피가 돌고 맥이 뛰듯 생생하게 살아왔다. 한 번 마치와 정을 들고 대하자 마치 안해의 모습이 미리 새겨져 있는 것처럼 정 지나간 자리를 따라 대번에 동글 갸름한 얼굴의 윤곽이 드러나고, 그 야들야들한 뺨의 보드라운 선이 그리어졌다. […] 눈시울을 가까스로 끝내어 이번에는 더 어려운 눈. 아사달은 처음엔 상글상글 웃는 눈매를 찍이 내려 하였건만 암만해도 마지막으로 주고받은 그 눈물 괸 눈매만 눈에 밟히어 어쩔 수 없었다. 그는 그 슬프고도 아름다운 눈매를 새겨내기에 열고가 났다.(159쪽)

고요한 못과 대비되는 아사달의 심정과 몸부림이 격동적이고 처절하다. 마지막 작품을 빚어내는 망치와 정 소리가 마침내 잦아들었을 때, 아사달은 아사녀가 있는 그림자못으로 뛰어든다.

아사달과 아사녀의 이야기만으로도 마음이 먹먹하다. 하지만 『무영탑』에는 이 부부 못지않게 매우 큰 비중을 차지하는

---

3 아내. 아사녀를 말한다.

인물이 하나 더 있으니, 바로 주만珠曼[4]이다. 주만은 신라의 귀족 유종惟宗의 외동딸로, 사월 초파일[5]을 맞아 불국사에 들렀다가 석가탑을 짓던 아사달에게 매료된다. 아사달을 사랑하게 된 주만은 아사달이 아플 때 음식을 해 나르며 지극정성 간호는 물론, 하루가 멀다 어둠을 뚫고 남장을 한 채 불국사로 달려간다. 심지어 아사달에게 아내 아사녀가 있다는 걸 알면서도 개의치 않고 사랑을 고백한다.

주만은 한숨을 휘 내어 쉬다가 갑자기 소용돌이치는 정열을 걷잡지 못하는 듯이, "가실 때 나를 다려가 주셔요. 나도 가요, 나도 가요. 아사달 님을 좇아서 나도 갈 터예요. 네 아사달 님. 제발 나를 데려다주셔요. 아사달 님의 고향으로 나를 데려다주셔요." […] "난 서울[6]도 싫어요. 아사달 님이 안 계시는 서울은 무덤 속같이 쓸쓸해요." […] "… 아무리 부인이 계시다 한들 사랑이야 어떡하실까? 나는 그 어른의 형님이 되어도 좋고 동생이 되어도 좋아요. 나는 다만 아사달 님 곁에만 있으면 고만예요. 하루 한 번, 열흘에 한 번이라도 아사달 님을 뵈올 수만

---

4 작중에서 주만은 "구실 아가씨"라고도 불린다. 현대어에 익숙한 독자를 위해 "구실 아가씨"를 "구슬아기"로 옮긴 단행본들이 있다.
5 부처님 오신 날
6 신라의 수도이자 불국사가 위치한 경주를 말한다.

있다면 고만이예요."(60, 61절)

주만은 아사달이 탑 건설을 마치면 그의 제자가 되어서라도 부여에 따라가고자 했다. 그러기 위해서는 파혼을 불사하고 가족과의 인연을 포기해야 할 뿐만 아니라, 남녀의 풍기를 어지럽혔다는 죄로 불에 던져질 위험을 감수해야 했다. 주만은 이 모든 것을 각오하고 집에서 도망쳐 나와 아사달을 찾아가지만, 그림자못에서 최후의 작품을 조각하고 있는 그의 곁을 떠나지 못하고 발이 묶이고 만다. 결국 주만은 아사달에게 자신의 얼굴도 돌에 새겨 달라는 말을 남기고 붙잡혀 불속으로 결연히 걸어 들어간다.

주인공 격은 아니지만, 팽개와 김성金城 7은 적지 않은 분량에 등장하며 줄거리에 긴장감을 더하는 주변 인물들이다. 앞에서도 언급된 팽개는 아사달의 스승이자 장인인 부석의 또 다른 제자로, 아사녀의 환심을 사기 위해서는 무엇이든 하는 인물이다. 아사녀는 팽개가 그저 대가 없이 자신을 위하고 있다고 생각했지만, 팽개는 아사녀를 차지하기 위한 큰 그림을 그리고 있었다. 아사달이 경주에서 여인을 만난다는 소문을 만드

---

7 단행본에 따라 '금성'이라고도 표기하기도 한다.

는가 하면 몸져누운 아사녀의 몸을 탐하려 하는 등 그의 검은 속내가 점차 드러나자, 아사녀는 목숨을 걸고 아사달을 찾아갈 결심을 하게 된다.

김성은 집사부의 최고 벼슬인 시중 김지金旨의 아들로, 주만을 짝사랑한다. 김성은 주만을 만나려고 밤중에 월담을 시도하다 망신을 당한 전력이 있다. 주만이 김성의 마음을 거절했음에도 불구하고 김성은 주만을 쉽사리 포기하지 못한다. 주만이 아사달을 사랑한다는 사실을 알게 된 김성은 무리를 이끌고 불국사에서 행패를 부렸을 뿐만 아니라, 아사달에 대한 주만의 사랑을 폭로하여 결국 주만이 위험에 빠지는 직접적인 원인을 제공한다.

때론 갈팡질팡하고 멈칫거리는 것도 사랑의 한 모습일 테다. 하지만 『무영탑』의 등장인물들은 "사랑은 움직이는 거야!"라는 말에 단호히 "사랑이 어떻게 변하니!"라고 대답할 것이다. 이들은 망설임도, 머뭇거림도, 미적댐도 없이 사랑의 성취를 향해 달려간다. 주만은 외지인 석공 아사달을 사랑하는데 신분도, 사는 지역도, 심지어 그가 결혼했는지도 개의치 않았다. 아사녀는 마음을 에는 헛소문과 여러 시련이 있어도 아사달에 대한 사랑을 접지 않고 먼 길을 찾아왔다. 아사달은 대업을 이루는 일에 발목이 잡혀 있기는 했지만, 매일 아내를 그리워했고 모든 일을 이루고도 아내를 따라 못에 뛰어든다. 누군가는 불에, 또 누군가는 물에 뛰어들었으니 말 그대로 물불을 가리지 않는 사랑이 아니겠나.

물론 현실에서 모든 사랑이 돌직구일 수는 없다. 팽개의 기만적인 구애나 김성의 난폭한 사랑을 비판해 볼 수도 있겠고, 오늘날 통용되는 윤리의 기준에서 사랑의 감정을 있는 대로 표현하는 것이 늘 옳지만은 않다는 문제도 제기된다. 잇따르는 여러 질문이 퐁퐁 솟아나지만, 작품 내부적인 관점에서, 물불을 가리지 않는 이들의 사랑이 이야기의 흐름에 지치지 않는 동력을 불어넣어 주고 있는 것은 분명해 보인다. 어쩌면 독자도 그 동력에 힘입어 164회의 연재분을 한숨에 읽을 수 있을지도 모른다.

변변찮은 사랑과 영웅적인 사랑

앞서 아사달, 아사녀, 주만, 팽개, 김성의 사랑을 하나의 대상을 향해 있는 힘껏 곧장 나아간다는 점에서 돌직구에 비유했다. 그것도 물불 가리지 않는 돌직구. 하지만 이들의 사랑을 하나의 카테고리에 죄다 담아 놓기에는 무언가 이질감이 든다. 왜일까? 팽개와 김성의 사랑은 쩨쩨해 보이는데 반해, 아사달, 아사녀, 주만의 사랑은 아름다워 보인다고나 할까?

저자 또한 등장인물들을 두 부류로 나누는 서술을 하는 것으로 보인다. 그러한 의도는 인물 묘사와 설정에서부터 드러난다. 팽개는 "후리후리한 키와 감때사나운 상판"에 "능글능글"한(77절) 웃음을 가지고 있다고 묘사되며, 조각 실력도 아사달보다 뒤처진다. 그는 아사녀를 아내로 삼고 싶은 마음에 거짓말과 폭력을 서슴지 않는다. 김성에 대해서는 키가 작고 "맨숭맨숭한 얼굴"에 주만을 떠올릴 때 "어울리지 않게 웃음살이 벙글벙글 벌어진다"라고(23절) 서술하고 있다. 김성은 주만을 짝사랑하지만 성적 욕구를 충족시키기 위해 몸종을 건드리곤 하며, 술을 좋아하고 무모해 아사달을 잡으러 불국사에 갔다가 되려 혼쭐이 나기도 했다.

이들의 사랑은 특히나 논란의 여지가 많은 사랑이다. 소설에서는 이들의 행동들을 우스꽝스럽게 묘사했지만, 우리의 현실적인 감각을 동원해 본다면 웃어넘길 수 있는 일이 하나 없다. 팽개는 교묘하게 상황을 꾸며 아사녀가 스스로 자신의 처지를 판단하고 능동적으로 대처할 힘을 잃게 했다. 결국 아사녀가 의지할 곳이 자신밖에 없다고 생각하게 만들려 했던 팽개의 행태는 오늘날 크게 문제화되고 있는 가스라이팅이 아닐 수 없다. 김성 또한 주만의 동선을 알아내기 위해 사람을 붙이는가 하면, 주만이 사랑한 아사달에게 집단적인 폭행을 가한다. 스토킹은 물론 폭력을 서슴지 않는 모습이다. 그러니 팽개와 김성의 사랑에는 사랑이라는 말을 붙일 수 있을지 고민스러울 지경이다.

한편 저자가 묘사해 내는 아사달, 아사녀, 주만의 사랑은 영웅적이고 심지어 숭고하게 느껴지기까지 한다. 아사달은 용모가 빼어날 뿐만 아니라 일찍이 스승에게 석공으로서의 실력을 인정받기까지 했다. 그는 다른 사람이 뭐라고 하든 조용하고 신중하게 자신의 작업을 해 나간다. 아사녀에 대한 사랑과 그리움으로 상사병이 날 지경이지만, 그 마음을 끌어다 예술로 승화시킨다.

이 휘날리는 불꽃 사이에 모래알만한 작은 안해의 모양이 튀기는 듯 번득이다가 스러지기도 하였다. 그리운 안해와 애달픈 '홍'이 두 손길을 마주 잡고 그를 찾는 수가 이전에도 흔히 있었다. 그리운 생각이 쌓이고 쌓이어 손바람이 절로 나는 '홍'을

빚어내고 자아내기도 기실 여러 번이었었다. 아쉬운 마음이 도
저하고 간절할수록 그에게 '접'하는 '흥'도 놀랍고 엄청날 때가
많았었다. [⋯] 사랑에서 흥이 오고 흥이 어리어 세상에도 진
기한 탑이 이루어지는 것을 어이하랴. 부처님도 웃으시며 눈을
감으신지 모르리라.(34절)

아사녀는 남편과의 생이별, 아버지의 죽음, 팽개의 계략, 불
국사에서의 문전박대, 늙은 대감에게 팔려 갈 위기 등 수많은
위험과 걸림돌을 감수했다. 아래의 인용문은 남편에 대한 아
사녀의 사랑이 얼마나 절절했는지를 체감하게 한다.

남편이 있는 동쪽 서울을 멀리 바라보고 첫 발자욱을 내어 디
딜 때 지금까지의 절망과 번민은 가뭇없이 사라지고 감격과 희
망에 그의 마음은 뛰었다. 노자 한 푼 없는 외로운 여자의 단몸
단신으로 천 리 안팎 머나먼 길을 어떻게 갈 것인가 하는 근심
과 걱정도 그의 불같은 희망을 흐리진 못하였다. 한 걸음 두 걸
음 남편 있는 곳이 가까워 온다는 것만 어떻게 신통하고 고마
운지 몰랐다.(111절)

주만의 사랑은 한편으론 철이 없게 느껴질 정도로 열렬하
다. 아내가 있는 줄 알면서도 아사달을 포기하지 않는다니! 하

지만 주만의 사랑이 죽음도 불사하는 사랑이었음을 기억해 보자. 파국으로 흐르는 상황을 봉합할 기회가 여러 번 주어졌음에도 불구하고, 주만은 매번 사랑을 택한다. 주만에게는 물러섬이 없다. 아사달이 죽음이 다가오는 자신의 처지를 헤아려 주지 않고 제정신이 아닌 채 아사녀의 조각을 새길 때도 주만은 아사달과의 눈 맞춤 한 번으로 고마워했다.

> "아이, 고마워라, 아이, 고마워라, 아사달 님이 나를 보시네."
> 주만은 감격에 겨운 듯이 속살거리고 물끄러미 아사달의 얼굴
> 의 이모저모를 샅샅이 알알이 뜯어보았다.(161쪽)

아사달, 아사녀, 주만의 사랑은 너무나 순진하여 일면 답답하게 느껴지기도 하지만, 계산이 전혀 개입되어 있지 않은 사랑이라는 점에서 미워하기 어렵다. 이들의 순수하고, 변함없고, 강직한 사랑은 어쩌면 현실에서 찾기 어려운 '비일상적'인 사랑일지도 모르겠다. 그렇기에 범상치 않고, 초월적이며 영웅적인 사랑으로 느껴지는 것이 아닐까?

나가며
: 직접 맛봐야 아는 맛

　　『무영탑』의 결말은 전설을 통해서라도 이미 대략 알고 있었다. 결말을 알면서도 164번째 연재분을 읽어 버리면 아사달이 정말 못에 빠져 버릴까 봐 마지막 절을 한참 남겨 뒀다. 1939년에 신문으로 소설을 읽었던 독자도 비슷한 마음이지 않았을까? 직접 책장을 한 장 한 장 넘기다 보면, 나도 모르게 등장인물들의 처지와 감정에 몰두하게 된다. 이야기 안으로 한 걸음 더 성큼 들어가 그들이 느꼈음 직한 마음을 헤아려 본다. 설령 동의가 되지는 않더라도 어느 정도 공감하는 마음이 생겨난다. 다시금 일상으로 돌아올 땐 찬찬히 곱씹어 볼 장면과 질문이 들려 있을 것이다. 누군가의 사랑이 지지와 응원을 받는 한편, 누군가의 사랑은 왜 손가락질을 받을까? 나는 어떤 사랑을 하고 있는가. 그리고 어떤 사랑을 바라는가.

　　요즘은 책과 컴퓨터로 뭐든 배울 수 있다지만, 직접 맛봐야 아는 맛이 있다. 줄거리만 아는 것과 늦은 밤 남복을 한 주만과 말을 타고 불국사로 냅다 달려 보는 것은 꽤 다른 느낌일 것이다. 할 일이 너무 많거나 다독의 부담감에 시달릴 때면 읽는 즐거움을 뒤로하고 열심히 활자를 머리에 집어넣기에 바빠진다. 밥도 씹을수록 단맛이 나는데, 훌훌 물을 말아 꿀꺽 삼키기보다는 꼭꼭 씹어 읽어 보면 어떨까? 아사녀를 그리워하는 아사달의 망치 소리에, 탑돌이를 하는 아사달의 뒤를 밟는 주만의 잰걸음에 어느새 빠져들어 있을 것이다.

사랑 없는 결혼의 비극
― 루쉰과 주안의 잘못된 만남

김민정

결혼을
꼭 해야 해?

　　2020년에 실시된 어느 설문 조사[1]에 따르면, 10대 청소년의 59.9%가 "본인이 원한다면 결혼을 하지 않아도 된다"라고 응답했다고 한다. 이는 2008년의 설문 조사보다 18.3%P 높아진 수치다. "반드시 결혼해야 한다"라고 답한 비율은 6.3%뿐으로, 5명 중 3명이 결혼을 필수가 아닌 선택으

1　2021년 4월 14일에 한국청소년정책연구원이 발표한 'Z세대 10대 청소년의 가치관 변화 연구' 참고. 2020년 7~9월 전국 중·고등학교 학생 5,740명을 대상으로 한 설문 조사 결과다.

로 생각하고 있으며, 결혼을 꼭 해야 한다고 생각하는 청소년은 10명 중 1명도 채 되지 않는다는 것을 알 수 있다. 유명 스타들은 물론 이제는 일반인들의 '비혼 선언'도 더는 진풍경이 아니며, 비혼을 선언하면 그동안 결혼하는 직원들에게 제공하던 복지 혜택인 축하금과 유급휴가를 지급하는 기업들도 많아졌다.

"연애는 필수(?), 결혼은 선택(!!)"인 요즘 세상에서는 '혼기婚期'가 차면 결혼하는 것이 당연시되었던 시대, 더군다나 부모가 자녀의 배우자를 마음대로 정해 주었던 시대를 이해하기란 힘들 것이다. 하지만 불과 백여 년 전까지만 해도 꿈과 사랑을 포기한 채 '뉘 집 아들', '뉘 집 딸'로서 집안 어른들의 뜻에 따라 결혼하는 것을 숙명으로 알고 살아야 했던 세대가 있었다. 하물며 결혼을 당사자 개인 간의 결합이 아니라 집안 대 집안의 결합으로 보는 시각은 여전히 존재한다. "아모르 파티Amor Fati, 네 운명을 사랑하라!"라고 하지만 내 의지로 선택하지 않은 결과까지 순순히 받아들여야 하는 것일까? 여기 봉건 중매혼의 희생자가 된 '그 남자'와 '그 여자'의 이야기를 들어 보자.

그 남자의
사정

　　'그 남자'는 몰락한 명문가의 후예였다. 콧대 높이 치켜들고 목에 힘을 줄만큼은 아니더라도 아쉬운 것 없이 먹고살 만한 형편이었다. 하지만 열세 살 되던 해에 할아버지가 '입시+채용 비리' 사건[2]으로 투옥되면서 가세가 급격하게 기울기 시작했다. '사형집행유예'를 선고받은 할아버지는 형집행을 막아 목숨을 부지할 방법을 강구하기 위해 수감 생활 8년 동안 해마다 가산을 팔았다. 설상가상으로 같은 사건에 연루되어 파면당한 아버지는 원래 병약했던 몸이 더욱 안 좋아져서 병석에 누웠다. 요즘 한국 사회에서도 집안에 송사가

2　과거 시험 (향시)에서 시험 감독관을 매수하려다 발각된 사건이다. 청대의 과거 시험은 각 지방의 정부 소재지에서 삼 년마다 한 번씩 열리는 향시(鄕試)와 향시 이듬해에 수도에서 열리는 회시(會試), 그리고 과거의 마지막 관문이자 궁궐에서 황제가 친히 주관하는 전시(殿試)의 세 단계로 이루어졌다. 향시에 응시하려면 동시(童試)라는 '자격 고사'를 세 단계 통과해야 했는데, 동시 최종 합격자인 수재(秀才)까지는 '입시생'에 해당하고, 향시 급제자인 거인(擧人)이 되면 원칙적으로 관직에 나아갈 수 있는 자격이 주어졌으므로, '고시 패스생'에 해당한다. 따라서 향시에서의 부정은 단순한 '입시 비리'라기 보다는 '입시 비리'와 '채용 비리'가 혼합된 형태라고 할 수 있다.

향시는 정해진 해에 열렸는데 새로운 황제의 즉위나 황실 어른의 수연(壽宴, 장수를 축하하는 잔치. 보통 환갑잔치)과 같이 조정에 경축할 일이 생기면 은과(恩科)라고 불리는 '특별 과거'를 실시했다. 1894년 서태후의 환갑을 앞두고 1893년에 전국적으로 '특별 과거'가 열렸는데, 저장성의 향시 시험 감독관이 할아버지의 과거 시험 동기라는 소문을 듣고 친척과 친구들이 돈 만 냥을 모아 와서 청탁을 부탁했다. 할아버지가 돈을 모아 온 다섯 집의 자제와 자기 아들의 이름을 편지에 써서 전표와 함께 보냈는데, 전달 심부름을 맡은 하인이 다른 사람 면전에서 영수증으로 요구했다가 일이 일파만파 커지게 되었다고 한다(청탁 사실이 드러나게 된 디테일에 대해서는 몇 가지 다른 설이 있고, 이는 그중 하나다).

걸리거나 가족이 중병에 걸리는 것은 가산탕진의 양대 지름길이다. 도련님 생활을 해 온 '그 남자'는 하루아침에 운명의 가혹함과 염량세태를 느꼈다. 그는 어린 나이에 창구가 자기 키만 한 약방과 창구가 자기 키의 갑절이 되는 전당포를 4년 남짓 거의 매일같이 드나들어야 했다.

아버지는 끝내 돌아가시고 할아버지는 여전히 감옥에 갇혀 계신 상황에서 열여섯 살의 소년에게 남은 것은 가족들이 근근이 먹고살 수 있는 소작료가 나오는 땅뙈기와 집, 그리고 장손이자 가장으로서 집안을 일으켜야 한다는 무거운 책임감이었다. '그 남자'는 "마치 다른 길을 걷고 다른 곳으로 도망치며 다른 것을 찾으려는 사람들처럼" '기술학교'에 들어갔다. 할아버지와 아버지가 과거 시험 부정 사건에 연루된 이상 '그 남자'가 과거로 출세하기란 불가능했다. "그때는 경서를 읽고 과거 시험을 보는 것이 정도正道였고, 소위 서양식 학문을 배운다는 것은 막다른 지경에 이른 사람이 영혼을 양놈에게 팔 수밖에 없어서라는 게 사회적 통념이어서 갑절로 비웃음과 배척을 당해야[3]" 했다. 하지만 '그 남자'는 어머니의 걱정과 주변의 따가운 시선을 아랑곳하지 않고, '기술학교'에서 '공자 왈 맹

---

3 「자서(自序)」, 『외침(吶喊)』.

자 왈'이 아닌 과학·수학·지리·역사 등 신지식을 배웠다. 배움의 과정에서 일본의 메이지 유신이 주로 서양 의학에서 발단했다는 사실도 알게 되었다. 그는 비과학적인 민간요법으로 큰돈만 날린 채 돌아가신 아버지를 떠올렸고, 의학을 배워서 아버지처럼 그릇된 치료로 고통받는 환자들을 구원하고, 유신維新(낡은 것을 시대에 맞게 고쳐 새롭게 함)을 배워 세상을 바꿔 보겠다는 커다란 포부를 품고 '국비 장학생'이 되어 일본 유학길에 올랐다.

세상에 할 일은 많고 갈 길은 먼데 안 그래도 녹록지 않은 유학 생활에 어머니가 자꾸 결혼을 채근하신다. 이는 '그 남자'가 집안의 장손이었기 때문이다. 신붓감은 먼 친척 작은할머니의 친정 소카 손녀라는데, 어머니와 사이가 돈독했던 그 집 큰며느리가 중매쟁이로 나선 모양이었다. 어머니에게 아직 결혼할 뜻이 없음을 밝히며 그 처자에게 다른 혼처를 알아보게 하도록 권했으나 소용없었다. 백 보 양보해서 전족纏足4을 풀고 학당에 다녔으면 좋겠다고 했으나 얼마나 구닥다리 여자인지 이마저도 싫단다. 그러던 어느 날 고향 집에서 어머니가

4 과거 중국에서 여성의 발을 인위적으로 작게 만들기 위해 아주 어린 나이에 발이 자라지 못하도록 천으로 꽁꽁 동여매던 풍습 또는 그렇게 만든 작은 발을 뜻한다. 명·청 시대에 유행했다.

위독하시니 급히 돌아오라는 전보가 날아왔다. 효자였던 '그 남자'가 발걸음을 재촉해 집에 도착해 보니 낡은 집은 싹 수리되고 새 가구까지 들어와 새신부를 맞을 준비가 전부 끝나 있었다. 이는 개인을 옭아매는 모든 구습과 제도, 관념을 타파해야 한다는 '그 남자'의 신념에 어긋나는 일이었다. 하지만 아버지가 돌아가신 후 홀로 어렵사리 세 아들을 기르며 갖은 고생을 하신 어머니의 얼굴과 가문에 먹칠까지 하며 혼사를 물릴 자신이 없었던 '그 남자'는 한평생 희생 노릇을 하기로 했다.

그 여자의 사정

'그 여자'는 부모님이 손바닥 위의 구슬처럼 금이야 옥이야 귀하게 기른 대갓집 규수였다. 남동생이 하나 있었지만, 금지옥엽 외동딸이었기에 부모님은 사윗감을 신중하게 골랐다. 조건이 처지면 싫어하고 넘쳐도 마다하는, 딸바보 부모님의 깐깐한 기준에 딱 들어맞는 천생배필을 찾기란 쉽지 않았다. 그녀는 어느덧 스물이 훌쩍 넘어 지금은 거의 사라진 단어인 '노처녀'의 반열에 들어섰다. 당시 나이 많은 미혼 여성은 무슨 이유로 혼기를 놓쳤든 크고 작은 흠이 있다는 주변의 편견에서 벗어날 수 없었다. 하나밖에 없는 딸을 평생 끼고 살 수도, 재취再娶로 들어가 계모 소리 들으며 고생하게 둘 수도 없던 차에, 같은 동네 비슷한 가문의 한 청년이 포착되었다. 인척이 중매를 선 것이니 믿을 만했고, 남자 쪽 집안이 좀 몰락하긴 했어도 어쨌든 족보 있는 집안에 정실正室로 가는 것이니 체면은 섰다.

'그 여자'는 온화한 성품에 도리를 잘 알았고, 바느질과 자수에 능숙했으며 요리 솜씨까지 뛰어났다. "얼굴 예쁜 여자는 1년 좋고, 성격 좋은 여자는 10년 좋고, 요리 잘하는 여자는 평생 좋다"라는 말도 있는데, 이 정도면 좋은 아내이자 며느리의 덕목을 충분히 갖춘 셈이었다. 하루빨리 현모양처의 꿈을 펼치고 싶었으나, '그 남자'는 이 핑계 저 핑계를 대며 늑장을 부리더니 급기야 일본으로 유학을 떠나 버렸다. 그래 놓고 편지로 한다는 말이 전족을 풀고 학당에 다니란다. 어려서 꽁꽁 싸맨 발은 풀어 봤자 다시 커질 수도 없고, "여자는 재능 없는 것이 미덕"이라는 말을 귀가 따갑게 들어 왔거늘 글은 배워서 어디에 쓴담? 학당에 다니는 것은 더더욱 싫었다. 그러는 사이 아버지가 돌아가시고, '그 남자'의 할아버지도 돌아가시며 결혼이 하염없이 미뤄졌다. 설마 일본에 여자가 생긴 것은 아니겠지? 누군가가 도쿄의 한 공원에서 일본 여자와 아이를 데리고 산책하는 '그 남자'의 모습을 보았다고도 했다. 이제 와서 파혼은 '그 여자'에게 사형선고나 다름없었다. 파혼이 가문의 수치이기는 '그 남자'의 집도 마찬가지였다. 이에 예비 시어머니가 묘수를 내어 자신이 위독하다는 전보를 치게 했고, 마침내 '그 남자'가 돌아왔다. 처음 혼담이 오가고 정혼한 후 7년을 기다린 끝에야 '그 여자'는 '그 남자'네 집 대청에서 혼례를 올릴 수 있었다. '그 여자'는 이제 살아서는 그 집안 사람이고, 죽어서도 그 집안 귀신이라고 남몰래 속으로 다짐했다.

가짜 변발을 단 신랑과 발이 큰 척하는 신부

　　'그 남자'와 '그 여자'는 결혼식 날이 되어서야 서로의 얼굴을 처음 보았다. '그 남자'도 썩 미남형은 아니었지만 '그 여자'는 시동생이 보기에도 "몹시 왜소해서 발육이 상당히 불량한 모습이었다." 하지만 아무리 남녀 관계라 해도 상대방에게 호감을 주는 매력 포인트는 외모가 전부가 아니다. 외모를 떠나서 '그 여자'가 묶은 발을 풀고 글을 배우기를 거부한 순간 최소한의 소통 창구마저 사라진 것이나 다름없었고, 두 사람 사이의 간극을 좁히는 것은 이미 불가능한 일이었는지도 모른다. '그 여자'가 글을 배워 규방 밖의 세상에 눈을 돌리고, '그 남자'에게 편지를 써서 소식을 주고받을 수 있었다면 두 사람 사이에도 '그린 라이트'가 켜질 수 있지 않았을까?

가족과 친지들은 신식 교육을 받고 일본에서 신사상을 받아들인 '그 남자'가 조상님께 절을 하지 않거나 구식 혼례를 거부하지는 않을까 걱정했다. 그러나 '그 남자'는 묵묵히 사람들이 시키는 대로 구식 혼례의 갖가지 번거로운 의식을 하나하나 그대로 따랐다. 결혼식에 참석했던 일가친척들에게 가장 깊은 인상을 남긴 것은 '그 남자'의 가짜 변발이었다. 당시 서양인과 일본인의 눈에 비친 변발과 전족은 미개한 야만인의 습속에 불과했다. 19세기 말 이래 서구 선진국들이 자국의 최첨단 과학·기술·산업·예술 등을 전시하며 국력을 과시하는 세계 교류의 장이었던 만국박람회(지금의 엑스포)에서 단골로 소개된 중국의 물산은 여자의 전족, 남자의 변발, 아편 피는 도구, 쿨리[5], 무속 신앙 등이었다. 이는 특히 해외에 거주하는 중국인들에게 수치심과 분노를 안겨 주었으며, 재일 유학생들도 강한 자극을 받았다.

---

5 '고된 노동(苦力)'을 뜻하는 중국어에서 나왔으며, 중노동에 종사하는 하층 노동자를 가리킨다.

'그 남자'는 일본으로 유학 간 지 얼마 지나지 않아 변발을 잘라 버렸다. 이는 이민족 왕조인 청의 지배에 반대하고 혁명으로 향하는 첫걸음을 내딛음을 의미했다. 변발은 본디 만주족의 풍습이었기에 이를 자르는 것은 청을 몰아내고 한족의 중화 지배를 회복하자는 애국적 민족의식과 연결되었다. 이것이 구한말 상투를 자르는 것과 의미가 달라지는 지점이다. 물론 『머리털 이야기』의 N 선배처럼 "무슨 심오한 생각이 있어서가 아니라 그냥 너무 불편해서" 잘랐을 수도 있다. 어쨌든 아직 청의 지배 아래에 있던 보수적인 고향 마을에서 변발을 자른다는 것은 큰 화젯거리자 구경거리였다.[6] 괜한 말썽을 일으키고 싶지 않고 또 전통 결혼식에서 전통 복식을 갖춰야 했던 '그 남자'는 가짜 변발을 사서 달고 붉은 술이 달린 큰 모자를 쓴 아래로 드리웠다. 만약 결혼식 사진이 남아 있었다면 훗날 신문화운동의 선구자가 된 '그 남자'로서는 두고두고 '이불킥'을 할 만한 일이다.

한편 '그 여자'네 집안에서는 전족한 발을 푸는 것에는 동의하지 않았지만, '그 남자'가 신사상의 영향을 받아 자신의 변

---

6 루쉰의 첫 번째 단편소설집 『외침』에는 변발에 관한 이야기가 자주 등장하는데, 그중에서도 특히 「머리털 이야기(頭髮的故事)」와 「야단법석(風波)」은 정세가 급변하던 시절 변발을 자른(또는 잘린) 사람에 대한 주변 시선의 변화와 그들이 겪었던 고초를 잘 보여준다.

청소년 고전 수업

발을 잘랐을 뿐만 아니라 여자들의 전족에도 반대하는 것을 잘 알고 있었기에, 이를 의식한 듯 결혼식 날 특별히 신부에게 큰 신발을 신겨서 발이 커 보이게 꾸몄다. 작은 신발 속에 잘 싸맨 여성의 발은 한때 아름다움의 상징이자 계층을 구분하는 지표였다. 당시 '그 여자'네 고향에서 웬만큼 사는 집 여자들은 모두 전족을 했으며, 그렇지 않으면 좋은 곳으로 시집을 가지 못했다. 전족은 어린 여자아이의 발을 기형으로 만드는 아주 고통스러운 과정이었지만, 딸이 자라서 좋은 집에 시집가기를 바라는 엄마가 마음을 모질게 먹고 울부짖는 딸내미의 발을 직접 꽁꽁 동여매는 것도 흔한 풍경이었다. 하지만 수백 년간 선망의 대상이었던 유행이 한순간에 타도되어야 할 악습으로 전락하리라고는 예견하지 못했을 것이다.

결혼식 날 꽃가마가 들어오고 가마의 발을 걷어 올리는 순간, 발에 맞지 않는 신발을 신은 데다 키까지 작았던 '그 여자'는 그만 신발을 땅에 떨어뜨리고 말았다. 이를 두고 신랑 측 하객들은 불길한 징조라고 수군거렸다. 결혼식에서의 사소한 실수를 마음에 담아 두기는 신부 측 집안 사람들도 마찬가지였다. 그날 저녁에 신랑 신부가 절을 올리고 나란히 2층 신방으로 올라가는데, 옆에서 구경하던 하객 중 누군가가 신랑의 새 신발을 밟아서 한 짝이 계단 밑으로 굴러떨어졌다. 또한 유리가 있는 방에 묵었던 신랑 측 하객이 이튿날 아침에 전날 밤 귀신을 보았다고 말했던 일도 신부 측으로서는 모두 부주의하고 불길한 징조였다. 이는 훗날 그 둘의 결혼 생활이 몹시 불행했던 까닭을 이해할 수 없었던 양쪽 집안 사람들이 미신 탓으로 돌리려는 것인지도 모르겠다.

부부 같지 않은 부부, 무덤 같은 결혼 생활

'그 남자'는 바로 중국이 낳은 위대한 문학가이자 사상가로 추앙받는 루쉰^{魯迅}(1881~1936)이다. 우리에겐 『광인일기』, 『아Q정전』의 저자로 잘 알려져 있다. 물론 그때는 그가 문명^{文名}을 날리기 전으로, 아직 '루쉰'은 없고 저우^周 씨 가문의 큰아들 저우수런^{周樹人}이 있었을 뿐이다.[7] 그리고 '그 여자'는 루쉰의 본부인 주안^{朱安}(1879?~1947)이다. '본부인'이란 단어에서 눈치챘는지 모르겠지만, 루쉰은 훗날 자기 제자였던 쉬광핑^{許廣平}(1898~1968)과 사랑에 빠지고 인생의 마지막 10년을 그녀와 보냈다. 이에 주안은 루쉰이라는 위대한 인물의 흠결로 간주되어 오랫동안 언급조차 금기시되는 얄궂은 운명에 처해야

---

7 루쉰은 그의 대표적 필명으로 1918년에 「광인일기」를 발표하면서 처음 사용했다. 일본 유학 시절에 쓰던 필명 '쉰싱(迅行)'에서 앞 글자를 따오고 어머니의 성을 따른 것이다.

했다.

신혼 첫날밤, 루쉰은 침울하고 답답한 표정을 지은 채 꼭두 각시처럼 다른 사람이 하자는 대로 몸을 맡기며 신방으로 들 어갔다. 신방에서 하룻밤을 보낸 그는 이튿날부터 서재에서 잠을 잤고, 넷째 날에는 둘째 동생 저우쭤런周作人(1885~1967)까 지 데리고 일본으로 돌아갔다. 저우쭤런의 회고에 따르면 당 시 루쉰은 육체의 질병을 고치는 의술 대신 정신을 개조하는 문예 운동에 종사하기로 마음을 바꾸고 의학교를 중퇴한 후에 집으로 돌아가 미뤄 두었던 숙제를 해치우듯 결혼 문제를 매 듭지은 것으로 보인다.

결혼은 사랑의 무덤이라는 말도 있지만, 애당초 사랑조차 없었던 그들에게 결혼은 그냥 무덤이었다. 어머니에 대한 효 심이 지극했던 루쉰은 불행한 결혼 생활에도 어머니에 대한 원망을 내비치지 않았다. 주안을 '어머니의 며느리'로서 받아 들이고 부양의 책임을 다할 뿐이었다. 그는 절친에게 이렇게 말한 적이 있다. "이는 어머님이 내게 주신 선물이라네. 나는 그를 잘 부양할 뿐, 사랑 따위는 모르는 일이네." 주안은 시집 온 첫날부터 남편의 사랑이라곤 받아 본 적 없이 반평생을 시 어머니 봉양에 바치며 '소박데기'로 지냈다.

1909년 8월, 루쉰은 주안과 헤어진 지 3년 만에 장장 7년에 달하는 일본 유학 생활을 끝마치고 고향인 사오싱으로 돌아왔다. 하지만 귀국 후에도 여전히 외지로 나돌아서 부부가 한 지붕 아래 함께 있었던 시간은 일 년 반 정도밖에 되지 않았다. 1912년 초 루쉰이 난징임시정부 교육부를 거쳐 베이징 교육부에 취직하면서 둘은 다시 7년에 달하는 별거 생활을 시작했다. 이 시기 루쉰은 홀로 베이징의 사오싱회관에서 지내며 옛 비문을 베껴 쓰는 데 몰두했고 자학이라도 하듯 여름이든 겨울이든 고집스레 얇은 홑바지만 입으며 고행승 같은 생활을 했다. 시어머니를 모시고 생과부와 다를 바 없이 지내는 주안도 힘들고 괴로운 나날을 보내기는 마찬가지였을 것이다.

루쉰은 1919년에 고향 집을 정리하고 온 가족을 베이징으로 데려갔다. 그때를 제외하면 7년 동안 딱 두 번 사오싱에 돌아갔을 뿐이다. 루쉰은 주안을 베이징으로 데려온 후에도 각방을 썼다. 주변 사람들의 눈에 비친 루쉰과 주안은 부부 같지 않은, 유명무실한 부부였다. 두 사람은 온종일 대화를 거의 나누지 않는데, 주안이 아침에 일어나라고 깨울 때, 밥 먹으라고 부를 때, 자기 전에 문을 닫을지 말지 물을 때 짧막하게 답하는 세 마디가 전부였다고 한다. 이면에는 불필요한 대화를 줄이기 위한 눈물겨운 노력이 있었는데, 예를 들어 버들고리

짝의 밑바닥은 루쉰의 침대 밑에 두어 그 안에 세탁할 옷을 벗어 놓았으며, 고리짝 뚜껑은 주안의 방문 오른편에 위를 향하게 뒤집어 그 안에 루쉰이 갈아입을 깨끗한 옷을 넣어 두는 식이었다. 루쉰은 집에 돌아오면 항상 어머니 방에 먼저 들러 한참 수다를 떨다 자기 방으로 돌아가곤 했다는데, 주안과는 어쩌다가 말을 섞는 것조차 싫어하게 되었을까?

애정의 조건
: 왜 그들은 사랑하지 못했을까?

정기 구독까지 해 가며 매일 신문을 읽는 습관이 있었던 루쉰의 어머니는 직장에서 돌아온 아들과 뉴스와 시사에 관해 이야기를 나누었다. 그러나 주안과는 공통 화제가 없었다. 시간이 지날수록 정이 들기는커녕 점점 더 서먹해지는 아들 부부를 보며 하루는 어머니가 물었다. "도대체 새아가의 어디가 맘에 안 드는 게냐?" 루쉰은 고개를 절레절레 흔들면서 "그 사람과는 대화가 안 통합니다"라고 답했다. 다시 어떻게 대화가 안 통하는지 묻자, 그는 이런 예를 들었다. "한번은 제가 그 사람에게 일본에 아주 맛있는 게 있다고 했더니, '맞아요, 맞아요' 하면서 자기도 먹어 본 적이 있다는 겁니다. 그건 사오싱뿐만 아니라 중국 어디에도 없는 건데 어떻게 먹어 봤단 건지. 이러니 무슨 말을 하겠습니까? 대화 상대가 되지 않고 재미도 없으니 차라리 말을 하지 않는 편이 낫지요."

중국 유행어에 '삼관불합三觀不合'이라는 표현이 있다. '삼관' 이란 세계관, 가치관, 인생관으로, 주로 남녀 사이에 결이 맞지 않을 때 쓰는 말이다. 이는 루쉰과 주안도 해당한다. 루쉰도 처음에는 주안과 잘 지내보려고 했다. 전족을 풀고 글을 배웠으면 좋겠다고 한 것도 약혼녀와 소통하며 가까워시려는 시도였을 것이다. 그러나 그 의미를 이해하지 못했던 주안은 이를 거절했다. 주안이 위와 같이 대답한 것은 그녀에게 허언증이 있어서가 아니라 내면의 열등감을 감추기 위해 자기도 모르게 튀어나온 말일 수 있다.

루쉰이 원하는 것은 '대화 상대'였는데, 주안은 무조건 맞장구치면서 아는 척하는 것 말고는 할 수 있는 게 없었다. 루쉰의 이런 속마음을 아는지 모르는지, 주안은 남편을 잘 섬기고 시어머니께 효도하면 언젠가는 남편이 잘못을 깨닫고 자신을 돌아봐 줄 거라는 환상을 품고 있었다. 루쉰도 주안이 자신과 어머니를 헌신적으로 보살피고 있다는 것을 잘 알고 있었다. 그러나 그녀를 동정하고 경제적으로 부양할 수는 있지만, 그녀에게 '사랑'의 감정을 느낄 수는 없었다.

루쉰은 1923년 여름에 베이징여자고등사범학교(일명 베이징 여사대) 강사로 초빙되었고, 학생들의 편에 서서 학생들의 애국 운동을 탄압하는 총장과 베이양北洋 군벌 세력에 대항하는 과 정에서 이 학교 제자였던 쉬광핑과 연인 관계로 발전하게 되 었다. 루쉰은 주안과 함께 살던 베이징을 떠나 생애 마지막 10년을 상하이에서 쉬광핑과 함께 보냈다. 여전히 정치적으 로 생명의 위협까지 느끼며 다양한 적대 세력들과 글로써 치 열한 싸움을 벌였지만, 주안과 살던 때와 비교하면 쉬광핑과 살 때의 루쉰은 같은 사람이라고 보기 어려울 정도로 한결 여 유롭고 안정되었다. 아내와 아이가 있는 따스한 가정 속에서 그는 세심하고 사려 깊은 남편이자 아이의 응석을 받아 주는 평범한 아버지였다.

1932년 말, 루쉰은 1925년부터 1929년까지 쉬광핑과 주 고받은 편지를 책으로 출간했다. "그 안에는 죽네 사네 하는 열정도 없고, 꽃이니 달이니 하는 미사여구도 없다."[8] 하지만 한 줄 한 줄에 서로를 생각하는 마음이 고스란히 담겨 있으며, 두 사람이 '같은 곳'을 바라보고 있음을 느낄 수 있다. 두 사람 은 연인인 동시에 서로의 재능을 알아보고 아끼는 지기知己이

---

8 「서언(序言)」, 『먼 곳에서 온 편지(兩地書)』.

자 의기투합하여 정치적 고난을 함께 한 동지였다. 편지 끝부분에 "당신의 작은 흰 코끼리[小白象]"⁹라 서명하거나 코끼리 그림을 그려 넣는 '스윗남'의 모습은 주안은 평생 알 수 없는 루쉰의 일면이었다.

---

9 루쉰은 『생활의 발견』이라는 수필집으로 유명한 중국의 석학 린위탕(林語堂, 1895~1976)의 초청을 받아 샤먼대학(廈門大學) 교수로 부임하여 1926년 9월부터 1927년 1월까지 재직했다. 린위탕은 훗날 샤먼대학 재직 당시의 루쉰을 형용하며 "사람을 걱정시키는 흰 코끼리"라고 한 적이 있다. 이는 진귀한 동시에 부담스럽다는 뜻으로, 당시 루쉰은 '3.18 참사'의 배후로 지목되어 수배령이 내려진 터였기 때문에 대학 당국으로서는 모시기 힘든 대학자인 동시에 정치적 부담이 될 수밖에 없었다. 루쉰은 이 표현을 퍽 마음에 들어 했던 것으로 보이며 쉬광핑도 루쉰에게 보내는 편지에서 'Elephant'의 약자를 의미하는 'EL'을 호칭으로 사용하기도 했다.

청소년 고전 수업

산골 마을 십 대들의
잔잔하고도 가슴 먹먹한 사랑 이야기
─ 선충원의 『변성』

김민정

풋사과 같은
첫사랑의 맛

사춘기思春期의 축자적 의미는 '춘정春情을 생각하는 시기'다. 도시에 사는 현대인들에겐 연상 작용을 일으키기 어렵지만, 아지랑이 일렁이는 따스한 봄날 흐드러지게 핀 복숭아꽃 아래 서 있노라면 누구라도 두근두근하고 싱숭생숭한 마음을 걷잡을 수 없을 것이다. 사춘기 청소년들이 인생의 '봄날'을 맞아 이차성징과 함께 성에 눈뜨고 사랑이라는 감정에 관심을 두는 것은 지극히 자연스러운 일이다. 하물며 사랑하고 사랑받고 싶은 건 나이와 성별을 떠나서 인간의 원초적인 욕구 중 하나다. 물론 지금보다 평균수명이 절반 이하이던 시절임을 참작해야겠지만, 이몽룡과 성춘향이 사랑에 빠진 나이는 이팔청춘 16세이고, 이보다 더 조숙했던 줄리엣은 14살에 로미오를 따라 죽는다. 많은 청소년이 그들과 같은 운명적인 사랑을 꿈꾸지만, 십 대의 조숙한 연애를 색안경 끼고 바라보는 어른들의 편견 어린 시선과 과도한 입시 경쟁 속에서 자의 반 타의 반으로 사랑을 포기하거나 유보할 수밖에 없는 것이 현실이다.

십 대의 사랑은 아직 여러모로 성숙하지 않아 위태롭고 때론 불나방같이 무모하기도 하다. 하지만 어리기 때문에 가능한 순수함과 풋풋함이 있다. 그래서일까? 이 시기에 겪는 첫사랑은 흔히 덜 익은 풋사과에 비유되곤 한다. 상큼하고 달달하면서도 시큼하고 떫은맛을 지닌 작은 초록색 풋사과 말이다. 풋내기들의 풋사랑은 대부분 그 '설익음'으로 인해 이루어지지 못하고, 시간이 지날수록 가슴 먹먹한 그리움으로 남는다. 이제 여기에 약 100년 전 중국의 작은 산골 마을을 배경으로 펼쳐지는 십 대들의 사랑 이야기를 소개하려고 한다. 이 중편소설의 제목 『변성^{邊城}』은 '변방의 마을'이라는 뜻이다. 작품의 배경이 되는 샹시^{湘西}('후난성의 서쪽'이라는 뜻) 지역은 중국의 여타 지역과도 구별되는, 지금의 문명 조건과는 완전히 다른 결을 가진 공간이다. 그곳에 사는 수정처럼 맑은 눈동자를 가진 열다섯 살 소녀 취취翠翠와 그녀를 사랑하는 두 형제 톈바오天保와 눠쑹儺送의 삼각관계를 따라가 보자.

가난한 사공의 손녀와
돈 많은 선주의 두 아들

중국 남부 내륙 지방, 쓰촨과 맞닿은 후난 서쪽 변방에 자리한 다둥茶峒은 1개 대대의 군인과 500가구 정도의 주민들이 사는 작은 산골 마을이다. 이 작품이 쓰인 1920~30년대 중국은 청 왕조라는 강력한 구심점이 사라진 후 각 지방에 군벌들이 할거하며 곳곳에서 내전이 벌어지고 있었다. 하지만 전쟁의 화마가 이곳을 비껴간 덕분에 "중국의 다른 지역이 지금 얼마나 불행하고 모진 시달림을 겪고 있는지 이곳 산골 마을 사람들은 영원히 느끼지 못할 것 같았다." 다둥은 아름다운 자연 풍광과 순박한 인성을 가진 사람들로 인해 비현실적인 별천지처럼 느껴지는 곳이다. 이곳 사람들은 큰 물난리가 나 상류에서 사람과 가축 등이 떠내려오기라도 하면, 서슴없이 물에 뛰어들어 생명과 재물을 구할 줄 아는, 착하고 용감한 사람들이다. 풍속이 얼마나 순박한 곳인지는 기녀들에 대한 묘사만 보아도 알 수 있다. 그녀들은 맘씨가 고울 뿐만 아니라 "의리를 중시하고 이익을 가벼이 여기며 신의를 지켰다." 착하면 바보 취급받기에 십상인 요즘 세상에 "착한 건 나쁜 게 아니야~"라고 항변이라도 하듯 "이 고장엔 나쁜 사람들은 없고 착하고 좋은 사람들만 살"아서 이 작품에는 부정적 인물이 거의 등장하지 않는다. 한마디로 다동은 흡사 '인성 갑'들만 모여 사는 무릉도원 같은 곳이다.

주인공 소녀 취취翠翠(벽계저 양쪽 산기슭에 빼곡하게 자란 짙푸른 대나무의 빛깔에서 따온 이름이다)는 강가 작은 흰 탑 밑의 외딴집에서 외할아버지와 서로 의지해 살고 있다. 일흔인 할아버지는 양쪽 강기슭을 오가는 사람들을 나룻배로 태워 나르는 일을 50년째 해오고 있다. 나루는 관가의 소유고 사공 노인은 관가의 급여를 받고 있어서 강을 건너는 사람들은 따로 뱃삯을 내지 않아도 된다. 하지만 남의 수고를 거저 누리기 불편한 사람들과 수고비를 받을 수 없다고 버티는 사공 노인 간에 종종 실랑이가 벌어진다. 아기를 낳자마자 목숨을 버린 외동딸을 대신하여 취취를 기른 사공 노인은 늙은 자신마저 세상을 떠나고 나면 혼자 남겨질 손녀가 걱정이다. 그는 "배는 부두가 있어야 하고, 새는 둥지가 있어야 하는 법"이라며 눈을 감기 전에 하루빨리 취취에게 좋은 배필을 찾아 주고자 한다. 이것이 욕심 없는 사공 노인 여생의 과업이다.

사공 조손이 사는 벽계저碧溪岨 나루를 건너 언덕을 넘어가면 다동 읍내가 나오는데, 그곳엔 바깥 마을로 통하는 부두가 있다. 이를 관리하는 쉰 살의 순순順順 선주船主는 그 고장에서 이름난 호인이다. 그는 사리에 밝고 정직하며 온화한 데다 남을 돕는 데 재물을 아끼지 않아서 덕망이 높았다. 그에겐 톈바오天保('하늘이 보호하는 사람'이라는 뜻)와 눠쑹儺送('전염병을 몰고 다니는 역귀를 물리치는 신이 보낸 사람'이라는 뜻)이라는 두 아들이 있는데 모두 반듯하고 멋진 청년들로, 누구나 탐낼 만한 사윗감이다. "두 사람은 호랑이처럼 튼실한 데다 성품이 온화하고 상냥했으며 교만하거나 게으르지 않았다. 겉만 번지르르하지도 않고 세를 믿고 남을 업신여기는 일도 없었다. 그리하여 다동 인근에서 그들 부자 세 사람 이야기가 나오면 존경을 표하지 않는 사람이 없었다."

두 집안은 단오 축제를 계기로 서로를 알게 된다. 지지난 단오 축제 때 용선龍船 구경을 하다 잃어버린 할아버지를 찾아 헤매던 취취는 둘째 도령 눠쑹과 조우한다. 취취는 너무 오래 할아버지를 기다리다 초조해진 나머지 눠쑹의 호의를 오해하고 그에게 욕을 하는데, 나중에 그가 바로 다동에서 유명한 눠쑹 도령이라는 사실을 알고는 놀라고 부끄러워한다. 눠쑹의 수려한 외모에 반한 것일까? 이때부터 취취의 마음 한편엔 눠쑹이 자리하게 되고 '단오의 추억'은 달콤하게 각인된다. 지난 단오 축제 때는 할아버지와 취취가 갑자기 쏟아진 비를 피하려고 들어간 곳이 마침 순순 선주네 다락집이었다. 눠쑹을 만나지는 못했지만 이번엔 큰도령과 순순 선주를 알게 되었고 오리와 쭝쯔糧子(찹쌀에 소를 넣어 댓잎이나 갈잎에 싸서 쪄 먹는 중국의 단오절 음식)를 선물로 받아 집으로 돌아온다.

아버지를 닮아 호방하고 활달한 큰 도령 텐바오가 먼저 사공 노인에게 취취에 대한 자신의 마음을 밝혔다. 사공 노인은 그가 마음에 들었지만, 당사자인 취취의 의사를 존중하여 집안 어른으로서 어떤 결정을 내리지 않았다. 다만 "차는 차 달리는 찻길이 있고, 말은 말 달리는 말길이 있다"며, '찻길'(쉽고 빠른 길, 중매혼)을 가려거든 아버지의 주도로 중매쟁이를 내세워 정식으로 청혼하고, '말길'(구불구불 가기 힘든 길, 연애혼)로 가려거든 강 건너 높은 언덕 위 대나무 숲속에서 3년 반 동안 취취를 위해 노래를 부르라고 조언한다. '3년 반'이란 '오랜 시간'에 대한 은유다.

돈 많은 선주의 아들이 가난한 사공의 손녀를 사랑하는 것은 이곳 다동 마을에서는 별로 희한한 이야깃거리가 아니었다. 무엇보다도 중요한 것은 당사자들의 마음이었다. 당시 일반적인 중국의 가정에서 집안 어른들이 자손의 의사는 전혀 상관없이 혼사를 좌우하는 것과는 달리, 『변성』에서 사공 노인과 순순은 손녀와 아들들의 의사를 존중하고 그들의 마음을 최우선 순위에 둔다. 사공 노인은 톈바오를 믿음직스러워했지만, 집안 어른으로서 주도권을 행사하여 취취와의 혼사를 추진하는 대신 취취가 마음에 두고 있는 사람이 누군지 알기 위해 신중히 처리한다. 순순도 조건을 따지지 않고 취취를 좋아했으며, 큰아들이 원하는 신붓감을 며느리로 맞아들이기 위해 직접 나서서 사공 노인에게 중매쟁이를 보낸다.

한 여자애를 동시에 사랑한 형제

추진력이 있었던 톈바오는 '찻길'을 선택해서 곧바로 중매쟁이를 내세워 정식으로 청혼했다. 사공 노인은 취취에게 "큰도령은 앞날이 창창한 사람이야. 사람 됨됨이가 정직하고 통이 크지. 네가 그에게 시집가면 팔자 좋은 셈이란다"라고 말하면서도, "네가 원하는 게 말길이라면 두견새처럼 피를 토하고 목구멍이 엉망이 될 때까지 그 친구가 널 위해 햇빛 아래에서는 뜨거운 열정의 노래를, 달빛 아래에서는 부드러운 노래를 부르게 하겠다"라며 청혼에 대한 대답을 취취에게 맡긴다. 하지만 문제는 찻길이냐 말길이냐가 아니라 취취가 큰 도령이 아닌 둘째 도령을 좋아하고 있다는 데 있었다.

취취는 속마음을 쉽게 털어놓지 못하며 대답을 회피했고 취취의 마음을 어렴풋이 짐작한 사공 노인은 알 수 없는 두려움을 느끼며 취취가 엄마의 불행한 운명을 따르게 되지는 않을지 걱정스러워졌다. 옛날, 취취처럼 "눈썹이 길고 눈이 크며 볼이 발그레했던" 취취의 엄마는 다동에 주둔하던 군인이었던 취취의 아빠를 알게 되었고 이내 두 사람은 깊은 사이가 되었다. 후에 아이가 생기자 함께 멀리 도망치려고 했으나, 아빠는 군인의 사명과 명예를 저버릴 수 없었고 엄마는 홀아버지인 사공 노인을 두고 떠날 용기가 없었다. 배우자 없는 젊은 미혼 남녀가 왜 사랑의 도피를 생각할 수밖에 없었는지는 자세히 나와 있지 않은데, 외지 출신 한족 군인과 현지 소수민족 간에 통혼이 금지되었을 것으로 추측할 수 있다.[1] 이루어질 수 없는 사랑을 비관한 아빠가 "함께 사는 것은 불가능하지만 함께 죽는 것은 아무도 막을 수 없겠지"라고 생각하며 먼저 음

---

1 작가 선충원(沈從文,1902~1988)의 친할머니는 소수민족인 먀오족(苗族)이었는데, 당시 고향의 습속으로는 먀오족 여인이 낳은 자녀는 과거 시험도 볼 수 없고 사회적 지위를 가질 수 없었다. 이에 할아버지는 먀오족 여인에게서 아들 둘을 얻은 후 그녀를 다시 먼 곳으로 시집보내고 죽은 것처럼 가짜 무덤을 만들었다고 한다. 취취의 엄마가 소수민족이라는 언급은 없고, 작가의 전기적 배경으로 미루어 짐작할 따름이다.

독자살을 했고, 엄마는 뱃속의 핏덩이 때문에 차마 그 뒤를 따르지 못하다가 취취를 낳고는 바로 강물에 몸을 던져 죽고 말았다. 같은 비극을 되풀이하지 않으려는 사공 노인의 조심스러운 태도는 다른 이의 눈에 어물어물 뜨뜻미지근 취취 핑계를 대며 다른 꿍꿍이가 있는 것으로 보여 오해를 사게 된다.

순순 선주네 집에서는 동생 뉘쑹도 형 톈바오가 청혼한 일을 알게 되었다. 동생은 형에게 자신도 오래전부터 취취를 좋아하고 있었다고 털어놓으며 정정당당한 승부를 통해 취취의 마음을 얻자고 도전장을 내밀었다. 그런데 뉘쑹은 산촌에 사는 왕 씨 자위단장[2]이 사윗감으로 점찍어 둔 터였다. 자위단장은 큰돈을 들여 상류 쪽에 새 연자방앗간을 만들고 이것을 딸의 혼수로 보내겠다고 말했다. 당시에 방앗간은 현지 부자들의 산업으로, 지금으로 따지면 인테리어 비용만 수억 원이 드는 커피숍을 딸의 혼수로 준비한 것이나 마찬가지다. 뉘쑹은 가만히 앉아서 돈을 벌 수 있는 방앗간을 마다하고 취취를 위해 기꺼이 나룻배의 사공이 되길 원했다.

2 당시는 군벌 간의 잦은 전쟁에 토비들까지 기승을 부려 지방의 세력 있는 지주가 자체 방어를 위해 무장 단체를 조직하기도 했다. 자위단장은 바로 그러한 조직의 우두머리를 말하며 지주가 직접 맡기도 했다.

두 형제가 같은 여자를 사랑한 예는 동서고금을 막론하고 어렵지 않게 찾아볼 수 있다. 야사에 따르면 조조曹操의 두 아들 조비曹丕와 조식曹植은 견복甄宓 [3]이라는 여인을 동시에 좋아했는데, 조식이 형수가 된 견황후를 잊지 못하고 사모하는 마음을 낙수洛水의 여신에 기탁하여 『낙신부洛神賦』를 지었다고 한다. 그는 여신의 입을 빌려 "인간과 신의 길이 다른 것이 한스럽고, 한창 젊은 나이에 배필이 되지 못함이 원망스럽습니다[恨人神之道殊兮, 怨盛年之莫當]"라며 이루어지지 못한 사랑을 노래했다. 두 형제가 한 여자를 사랑하는 것은 다동에서도 그리 드문 일이 아니었다. 다동 속담에 "불은 어디서든 타오를 수 있고, 물은 어디로든 흐를 수 있으며, 해와 달은 어디든 비출 수 있고, 사랑은 어디든 이를 수 있다." 더구나 일단 형수나 제수라는 호칭이 고정되기 전이라면 사랑은 쟁취하는 자의 것 아닌가?! 톈바오와 뉘쑹은 "그날 밤부터 이곳 사람들이 오래전부터 해 오던 방식대로 경쟁을 시작하기로 했다."

---

3 학자에 따라서는 甄을 '진'으로 읽어야 한다는 견해도 있다. 견복은 본래 원소(袁紹)의 둘째 아들 원희(袁熙)의 부인으로, 기주(冀州)를 평정하던 조조가 204년에 업성(鄴城)을 함락시켰을 때 시어머니와 성을 지키고 있다가 조비에게 먼저 발견되었다. 그녀의 미모에 반한 조비는 조조의 허락을 받아 자신의 정비(正妃)로 삼았다.

그들의 구애법
: 마음을 담아 부르는 사랑 노래

다동 사람들은 전통적으로 좋아하는 이성에게 구애할 때 노래를 불러서 마음을 전했다. 옛날, 취취의 아빠도 구성진 노랫소리로 엄마의 마음을 사로잡았고, 취취는 엄마와 아빠의 사랑 노래 속에서 태어났다. 찻길을 선택한 톈바오도 찻길을 가다 실패하면 말길을 걸을 각오가 되어 있었다. 그는 사공 노인에게 "몇 년 지나 제가 좀 한가해져서 그냥 다동에 머물러 일을 볼 수 있게 되면요, 까마귀처럼 이리저리 날아다니지 않고 매일 저녁 이 강가로 와서 취취를 위해 노래를 부를 거예요"라고 말한 적이 있다. 그러나 노래 실력으로는 눠쑹의 상대가 되지 못했던 톈바오는 "아우의 솔직한 고백을 듣자, 말길은 아우에게나 해당되는 것이지 자신에게는 그런 복이 없음을 알았다."

눠쑹이 제안하는 정정당당한 승부란 이러했다. 두 형제가 달밤에 함께 취취네가 있는 벽계저로 가서 누가 형이고 누가 동생인지 알 수 없게 번갈아 노래를 부르다가 응답을 받는 사람이 이기는 것으로 하되, 형이 노래를 잘 부르지 못하니 형의 차례에도 자신이 대신 노래를 부르겠다는 것이다. 눠쑹은 승부를 무작위의 운명에 맡기는 것이 공평하다고 여겼지만, 텐바오의 평소 성품으로 미루어 짐작건대 동생을 '쉐도우 싱어'로 내세우는 것은 비겁한 일이다. "자기가 찌르레기처럼 노래 부르지 못한다고 아우에게 대신 찌르레기가 되어 달라고 부탁하는 꼴이라니! 좋아, 이렇게 해 보자. 우리 각자 번갈아 노래를 불러 보는 거야. 나도 네 도움은 원치 않아. 모든 건 내 힘으로 할 거야. 숲속의 부엉이는 소리가 아름답지 못해도 짝을 찾을 때는 남의 도움 받지 않고 제힘으로 노래를 부른다." 이에 두 사람은 달이 휘영청 밝은 날을 고른 뒤, "집에서 직접 짠 옷감으로 만든 적삼을 입고 달빛이 비치는 높은 언덕 위로 올라가 이곳의 풍습대로 진지하고 성실하게, 그 갓 태어난 송아지처럼 세상 모르는 어린 신붓감에게 노래를 불러 주기로 했다."

 한편 할아버지가 들려주는 옛이야기를 듣다 잠든 취취는 꿈결에 부드럽고 구성진 노랫소리를 듣고 달콤한 꿈을 꾼다. 이튿날 아침 취취는 할아버지에게 간밤에 아름다운 노랫소리를 따라 사방으로 날아다니는 꿈을 꾸었노라고 말한다. 사공 노인은 그날 밤 깬 채로 강 건너 높은 언덕에서 누군가가 부르는 노랫소리를 듣고 있었다. 노래의 주인공이 큰 도령이라고 착각한 사공 노인은 그를 찾아가 취취의 이야기를 전하며 '우리

고장 1호 가수'라고 칭찬한다. 하지만 밤새 노래를 부른 사람
은 다름 아닌 동생 뉘쑹이었다. 톈바오는 형으로서 찻길을 선
점했다고 생각해서 막무가내로 동생 먼저 부르게 했는데, 막
상 노래를 들으니 자신은 동생의 상대가 되지 않는다는 사실
을 깨닫고 더더욱 입을 열 수 없었다. 그는 동생과 함께 집으
로 돌아오는 길에 다동을 떠나기로 마음먹는다.

영원히 돌아오지 않을지도, 내일 돌아올 수도 있는 사람을 기다리며

　　　　형은 상류에서 벌어졌던 모든 일을 잊기 위해 집
에서 새로 장만한 기름배를 몰고 하류로 내려가다가 그만 사
고를 당해 여울 아래 소용돌이에 빠져 죽고 만다. 톈바오와 뉘
쑹은 모두 이 고장에서 소문난 수영선수이고 배몰이 능수였기
에 이는 실로 뜻밖의 사고였다. 취취가 둘째 도령을 좋아한다
는 사실을 알게 된 사공 노인은 둘을 맺어 주려고 노력하지만,
순순과 뉘쑹은 혼사에 지나치게 열중하는 듯한 그의 모습에
반감을 느낀다. 사공 노인이 형의 혼사에 대해 말을 빙빙 돌
리고 일을 질질 끌다가 형이 죽게 되었다고 오해한 뉘쑹은 취
취에 대한 자신의 마음을 떠보는 사공 노인을 냉랭하게 대한
다. 불의의 사고에도 불구하고 뉘쑹은 취취를 아내로 맞이하

고 싶었지만, 형의 죽음에 대한 슬픔이 아직 가시지 않은 데다가, "갓 태어난 송아지처럼 세상 모르는" 취취가 자신의 마음을 몰라주는 것 같아 야속하다. 순순은 큰아들을 간접적으로 죽게 만든 여자애를 둘째 며느리로 삼는 게 썩 내키지 않아서 눠쑹을 방앗간을 혼수로 해 오는 자위단장의 딸과 결혼시키고자 했다. 이에 눠쑹은 아버지와 다투고 홧김에 타오위안桃源으로 가 버린다.

순순 선주가 산촌의 자위단장과 사돈을 맺기로 했다는 소문을 들은 사공 노인은 선주에게 사실을 확인하지만, 원망의 마음이 남아 있었던 선주는 사실이라고 거짓말을 한다. 절망한 사공 노인은 집으로 돌아와 시름시름 앓다가 큰비가 퍼붓고 천둥이 치던 밤, 곤히 잠들 듯 세상을 떠난다. 취취는 하루아침에 유일한 혈육을 잃고 홀로 남겨졌지만, 착하고 좋은 사람들만 사는 다동 마을 사람들이 할아버지의 장례를 돕고 그녀를 돌봐 준다. 그중 톈바오의 중매쟁이로 나섰던 마병馬兵 양씨楊氏가 취취의 보호자를 자처하며 나섰다. 그는 원래 취취의 아버지와 같은 부대에서 근무했으며, 젊은 시절 취취 엄마를 좋아해 그녀에게 노래를 불러 주었다 퇴짜를 맞은 적이 있었다. 양씨는 취취가 몰랐던 이런저런 이야기를 들려준다.

사공 노인의 죽음 이후 그간의 모든 오해가 풀린 순순 선주
는 취취를 며느리로 받아들이기로 하고, 취취는 할아버지를
이어 나루터에서 사공일을 하면서 눠쑹이 돌아오기를 기다린
다. 산골 마을 십 대들의 사랑 이야기는 긴 여운을 남기며 이
렇게 끝난다.

　　겨울이 되어 무너졌던 흰 탑이 다시 세워졌다. 그러나 달빛 아
　　래에서 노래를 불러 취취의 영혼을 꿈속에서 훨훨 날게 했던
　　그 젊은이는 아직 다동으로 돌아오지 않았다.
　　어쩌면 그 사람은 영원히 돌아오지 않을 수도 있다. 또 어쩌면
　　바로 '내일' 돌아올지도 모른다.

3부

서양의 사랑

Francesca BEATRICE Tolstoy Abélard
Dostoevsky 邊城 Daphne 司馬相如
Apollo Paolo 安 Héloïse Pushkin
魯迅 朱 無影塔 家
DANTE Eros 鷗
ANTIGONE 卓文君
Frozen
儒家

에로스가 가져오는 인간의 행복과 불행

안상욱

우리는 '사랑'이라는 말을 상당히 폭넓게 사용한다. 남녀 간의 연애 감정도 사랑이라고 부르고 부모와 자식 간의 애정도 사랑이라고 부른다. 친구들 사이의 우정도 사랑이라는 이름으로 불릴 수 있고 심지어 학교나 국가처럼 사람이 아닌 대상에 대해서 느끼는 애착도 사랑의 한 종류라고 말한다. 이러한 사례들은 우리말에서 '사랑'이 상당히 넓은 범위로 사용되고 있다는 사실을 보여 준다. 그러나 고대 희랍[1]인들은 사랑의 의미

---

1   희랍이란, 그리스인들이 자신들의 나라를 부를 때 사용하는 이름인 헬라스를 한자식으로 표기한 것이다.

를 조금 더 세밀하게 구분해서 사용했던 것 같다. 적어도 그들은 성적 사랑 혹은 성적 행위를 가능하게 하는 원동력이라는 의미에서의 사랑, 즉 성욕을 나머지 사랑과 나누어 생각했기 때문이다. 희랍 사람들은 이러한 종류의 사랑을 특별히 '에로스'라고 불렀다.

에로스는 신화는 물론 문학과 철학의 단골 소재였고 에로스에 대해 희랍인들이 부여한 의미는 결코 작은 것이 아니었다. 헤시오도스로 대표되는 희랍의 여러 창세 신화들 속에서 그것은 생성을 위한 원동력으로 작용하는 어떤 근원적인 에너지로 묘사된다. 또 플라톤은 우리에게 본성적으로 주어진 성욕이라는 형태의 사랑이 우리 안에서 수행하는 역할과 의의에 대해 철학적 고찰을 시도하면서, 그것이 필멸자인 우리 인간이 불멸에 참여할 수 있는 유일한 방법이자, 이를 통해 좋음의 영구적 소유를 최대한 달성케 함으로써 인간이 행복에 다가설 수 있도록 돕는다고 설명했다.

하지만 이러한 에로스도 반드시 좋은 것이기만 할 수는 없다. 아무리 좋은 것이라 하더라도 지나치게 과도하다면 나쁘지 않을 수 없기 때문이다. "그 무엇도 지나치지 않게 하라 Mēden agan"라는 가르침은 "너 자신을 알라 Gnōthi sauton"와 함께 델포이 아폴론 신전 입구에 새겨져 있던 문구로 희랍 사람이라면 누구나 가슴에 새기고 있었다. 에로스도 예외가 아니다. 제우스조차 에로스를 거부하지 못해 헤라로부터 바가지를 긁히고 가정불화를 겪지 않았던가? 이처럼 한편으로 에로스가 인간에게 파멸을 가져오고 불행한 삶으로 이끌기도 하지만, 다른 한편으로는 인간의 삶을 최대한 완성시키고 행복에 가장 가까이 접근할 수 있도록 돕기도 한다는 점을 에우리피데스Euripides의 비극 작품인 『히폴리토스Hippolytos』와 플라톤Platon의 대화편 『향연Symposion』을 통해서 돌아보려고 한다.

인간을 파멸과 불행으로 이끄는 에로스
: 『히폴리토스』속 파이드라의 에로스

희랍 문명의 찬란한 전성기 속에서 아테네인들은 비극 작품을 만들어 즐겼다. 이것은 제의가 끝난 후에 운동 경기를 개최해 경쟁을 즐기던 그들의 전통 속에서 하나의 종목으로 떠올랐고 각종 축제에서 열리는 비극 경연 대회의 우승자에게는 상당한 명성이 주어졌다. 에우리피데스는 아이스킬로스Aeschylos 및 소포클레스Sophocles와 더불어 아테네 3대 비극

작가로 꼽히는 사람인데[2] 『히폴리토스』는 그런 에우리피데스의 대표작 가운데 하나다. 이 작품은 아테네 비극에서 남녀 간의 사랑 이야기가 주류는 아니었음에도 오늘날까지도 유사한 코드를 공유하는 작품들이 제작되고 있을 만큼 사랑을 둘러싼 갈등을 보여 주는 전형적인 모델을 제시한다.

1. 순결을 향한 숭배가 사랑의 여신을 분노케 하다

『히폴리토스』의 도입부[3]는 아프로디테의 배경 설명으로 시작한다. 그녀는 작품의 주인공인 히폴리토스에 대해 불평을 늘어놓는다. 테세우스Theseus의 아들이자 피테우스Pitteus의 제자인 히폴리토스는 순결한 처녀신 아르테미스Artemis는 존경하고 기꺼이 숭배하지만, 자신에 대해서는 가장 악한 여신이라며 육체적·성적 사랑을 거부하고 결혼조차 원하지 않는다는 것이다. 여신은 괘씸한 히폴리토스를 벌하기 위해서 준비를 모

---

2 에우리피데스가 3대 비극 작가로 꼽히기는 하지만, 비극 경연 대회의 우승 횟수에 있어서는 아이스킬로스 및 소포클레스보다 상당히 열세에 놓인다. 에우리피데스는 5회 우승 기록이 있으나 그중 2회는 에우리피데스 사후 그의 후손이 유작을 가지고 참가해 받은 것이다. 반면 아이스킬로스의 우승 횟수는 14회, 소포클레스의 우승 횟수는 18회로 알려져 있다. 이것은 그가 아테네 사회를 향해 취했던 태도와 관련이 있어 보인다. 에우리피데스는 아테네의 전통적 가치관에 대해 다소 비판적인 자세를 취했던 것이다. 그는 아테네 전성기가 시작되는 살라미스 전투가 있었던 해에 태어났으나 조국의 짧은 전성기를 직접 겪지는 못했고 단지 어른들로부터 이야기로 듣고 자랐다. 또 젊은 시절부터 소피스트들의 사상을 접하고 아테네와 델로스 동맹이 고전하는 모습을 지켜봤기 때문에 아테네의 제국주의적 정책에도 부정적이었고 아이스킬로스나 소포클레스와는 달리 공직에도 몸을 담지 않았다.
3 비극 작품의 도입부는 '프롤로고스'라고 불린다. 여기서는 등장인물 중 누군가에 의해 작품의 주제나 상황에 대한 설명이 주어진다.

두 마쳤다며 즐거워한다. 그녀는 트로이젠의 새 왕비로 간택되어 영웅 테세우스의 부인이 된 파이드라Phaedra로 하여금 자신의 남편이 아니라 아들 히폴리토스를 사랑하게 만들어 한 가정을 파멸로 이끌 생각에 들떠있다. 마침 테세우스는 잠시 자신의 나라를 떠나 있는 상태인데 여신은 왕이 돌아올 때에 맞추어 히폴리토스에 대한 새 왕비의 욕정을 알리고 그녀가 자결하도록 만들되, 이것이 그녀의 의지가 아니라 왕자의 패륜에 의해 저질러진 일이라고 오해하게끔 만들어 자신을 업신여긴 히폴리토스를 죽음으로 내몰 생각이다. 여신의 노여움을 직감한 것일까. 한 늙은 하인이 트로이젠의 왕자 히폴리토스에게 모든 신을 공평하게 섬기라며 조언하지만 히폴리토스는 자신의 취향이라며 완강히 거부한다.

2. 넘지 말아야 할 선을 넘어 버린 파이드라의 에로스

등장가[4]가 이어지고 드디어 첫 번째 삽화가 시작된다. 요즘 뮤지컬이나 오페라로 치면 제1막이다. 제1 삽화의 주요 내용은 상사병에 걸려 미쳐 가던 파이드라가 자신의 마음을 유모에게 들키지만, 유모가 잘못된 충성심에서 뚜쟁이를 자처하고 나서는 것이다. 파이드라는 히폴리토스를 사모하는 마음이

---

4 합창단인 코러스가 극장 중심의 원형 무대인 오르케스트라에 입장하면서 부르는 노래.

커져 정신착란 증세를 일으키기에 이른다. 그녀는 정신을 차린 후 자신이 제정신이 아님을 깨닫고 괴로워한다. 새 왕비가 이 지경이 되자 왕궁 사람들은 유모에게 그녀가 미쳐 가는 이유를 알아내라고 다그쳤고 유모는 새 왕비를 찾아간다. 파이드라는 자신을 찾아온 유모와 이야기하던 도중 그만 히폴리토스에 대한 이야기를 흘리고 유모는 얼버무리려는 새 왕비에게 필사적으로 매달리며 물고 늘어진다. 결국 파이드라는 마지못해 히폴리토스에 대한 자신의 정욕을 시인한다. 그녀도 자제하려는 노력을 기울이지 않은 것은 아니었다. 지금껏 아무에게도 말하지 않은 채 숨겨 왔고, 어떻게든 애욕의 광기를 참고 견디며 극복하려고 노력해 왔으며 만에 하나 도저히 극복이 어려우면, 자결하기로 한 상황이었다. 이 말을 들은 유모는 파이드라가 가여웠다. 그녀는 스스로 중개자가 되겠다며 나서고 파이드라는 유모의 이러한 태도에 적잖이 당황하지만 내심 히폴리토스에게 품고 있는 육체적·성적 사랑의 욕구를 실현할 수 있을지도 모른다고 기대하며 첫 번째 삽화가 막을 내린다.

3. 수치가 되어 버린 사랑, 죽음으로 향하는 파이드라의 삶

코러스들의 합창으로 구성된 정립가[5]가 울려 퍼지는 사이,

---

5 삽화와 삽화 사이에 코러스가 오르케스트라에서 자리를 잡고 율동을 곁들여 부르는 노래.

두 번째 삽화가 준비된다. 2막에서는 유모가 새 왕비의 연심을 히폴리토스에게 전하지만 순결함과 경건함을 최고의 미덕으로 삼는 왕자가 격분하며 이를 거절하자 모멸감과 수치심을 견디다 못한 파이드라가 죽음의 복수를 계획한다. 파이드라가 몰래 지켜보는 가운데, 뚜쟁이를 자처한 유모가 그녀의 애욕을 히폴리토스에게 전해 보지만, 오히려 히폴리토스는 크게 분노하며 제안을 거절하고 파이드라와 여자들을 욕한다.

히폴리토스 :

아아, 어머니이신 대지여! 탁 트인 하늘이시여!

이 무슨 말도 안 되는 소리인가!

[…]

지금 저 안에서 사악한 여자들이 사악한 일들을 꾸미고는

그들의 하녀들이 그것을 바깥으로 나르고 있군요.

그처럼 사악한 여자여!

그대도 아버지의 결혼 침상을 범하도록

나를 설득하러 온 것이오.

[…]

그대들에게 재앙이 있으리라!

여자들을 증오하는 일에 나는 절대 지치지 않을 것이오.

항상 여자들을 비난한다고 누군가 내게 말하더라도.

여자들은 역시 언제나 사악하기 때문이오.

- 에우리피데스, 『히폴리토스』 601-666.

이를 보고 크게 실망한 파이드라는 자리로 돌아와 잘못된 방법으로 호의를 베풀었다며 유모를 비난한다. 아무리 유모 탓을 해 봤자 모든 사건의 발단은 스스로 품었던 잘못된 욕망 때문이었음을 파이드라도 모르지는 않았겠지만, 그녀에게는 이미 이 사태에서 벗어날 퇴로가 남아 있지 않았다. 막다른 길에 몰린 쥐가 고양이를 물 듯, 궁지에 몰린 파이드라도 자신과 자기 가문에 남게 될 불명예와 수치를 덜기 위해 히폴리토스의 재앙을 계획한다. 그녀는 주변의 여인들에게 그날 있었던 모든 일을 함구하도록 당부한 다음, 자기 죽음으로 일을 마무리하되, 자신도 불명예에서 벗어나고 자신의 가문도 영광의 빛을 잃지 않도록 히폴리토스에게 죄를 뒤집어씌우기로 한다.

4. 평정심을 잃고 아들을 추방하는 테세우스

코러스의 정립가가 다시 울려 퍼지고 어느덧 세 번째 삽화가 막을 올린다. 3막에서는 테세우스가 비로소 트로이젠으로 돌아온다. 그는 곧 새 왕비의 자결 소식을 듣게 된다. 황망한 소식에 현장에 가 본 테세우스는 왕비의 손에 들려 있는 서판을 발견한다. 놀랍게도 그 서판에는 왕자인 히폴리토스가 새

어머니인 자신을 겁탈하려고 했다는 내용이 적혀 있었다. 자신의 잘못을 숨기려는 파이드라의 계략이었다. 이를 보고 모든 것이 아들의 패륜으로 말미암아 벌어진 일이라고 오해한 테세우스는 변호와 재판의 기회도 제대로 주지 않은 채 아들을 국외로 추방하고 만다. 히폴리토스는 자신은 여전히 숫총각이고 파이드라가 그렇게 천하일색도 아니며 그녀를 아내로 삼아 아버지의 재산을 차지할 마음을 품을 리도 없다면서 억울함을 호소해 보지만 테세우스의 마음은 되돌릴 수 없었다. 오히려 테세우스는 아들이 추방당한 뒤 자신의 신적 아버지인 포세이돈이 약속한 세 가지 소원 중 하나를 사용해 아들의 마차에 사고를 일으킨다.

5. 실현된 파이드라의 음모 그러나 드러나는 진실

정립가에 이어 마지막 네 번째 삽화의 차례다. 히폴리토스를 수행하던 하인 중 하나가 왕자의 사고 소식을 왕궁에 전해 온다. 하인은 히폴리토스가 크게 아쉬워하며 도시를 떠났고 한 외딴 지역을 지나고 있을 때 지하에서 굉음이 울리더니 커다란 파도가 일어 마차를 덮쳤다고 말했다. 그리고 그 파도 속에는 커다란 황소가 실려 있었고 그 소가 히폴리토스의 마차를 공격했는데 이때 마차는 산산조각이 났으며 히폴리토스는 말에 줄이 감겨 끌려가다가 간신히 그것을 끊어 냈지만 중상을 입어 죽음이 임박했음을 알렸다. 이를 들은 테세우스는 히폴리토스의 유죄를 여전히 확신하면서도 결국 아버지로서의 부정이 못내 걸려 한참 동안 갈등하다 결국 왕자를 다시 데려오라고 명한다.

이제 클라이맥스에 해당하는 엑소더스다. 엑소더스는 문제가 해결되고 갈등이 봉합되는 부분이다. 모든 비극 작품의 엑소더스가 그런 것은 아니지만, 사건의 결정적인 후반부에 신이 기계를 타고 내려와 교통정리를 해 줌으로써 작품이 마무리되는 때도 있는데, 이는 "데우스 엑스 마키나Deus ex machina"라는 유명한 라틴어 명칭으로 오늘날까지 남아 있다. 하지만 이러한 장치를 처음 도입한 것은 다름 아닌 에우리피데스였고 희랍에서는 이를 "아포 메카네스 테오스apo mēchanēs theos"로 불렀다.

6. 참담하게 끝난 파이드라의 사랑

『히폴리토스』에서 데우스 엑스 마키나로 동원된 신은 프롤로고스에 등장했던 아프로디테와 좋은 대비를 이루는 여신 아르테미스다. 헤스티아 및 아테나와 더불어 3대 처녀신인 아르테미스는 육체적·성적 사랑의 경험이 없다. 이 여신은 길들지 않은 야생 상태를 관장하는 신이다. 아르테미스는 어린 여성들의 수호여신이기도 한데, 이는 고대 그리스의 강력한 남성 중심적 사회 분위기에서 혼인 이전의 여성을 '길들기 이전의 야생 상태'에 놓여 있는 존재로 바라보았기 때문이다. 이러한 아르테미스가 이 작품에서는 아프로디테와 대척점에 놓이는 존재로서 순결함과 경건함의 화신처럼 그려지고 있다. 아르테미스는 엑소더스에서 기계장치를 타고 무대 위에 등장해 역시 순결함과 경건함을 인생의 최고 미덕으로 삼고 있는 히폴리토스의 결백을 밝히고 그를 옹호한다. 히폴리토스는 아버지에게 학대를 당하면서도 끝까지 신의를 저버리지 않았는데 테세우스는 증거도 없이 아들을 죽음으로 내몰았다는 것이다. 이어서 그녀는 히폴리토스에게 이 모든 사건의 원흉이 아프로디테임을 알려 주며 그녀가 이번 일에 대한 대가를 치르게 하겠다고 약속한다. 여신과 히폴리토스의 대화가 끝나자, 아버지와 아들 사이의 마지막 대화가 이어진다. 이 대화에서 히폴리토스는 자신을 핍박하고 죽음으로 내몰았던 아버지를 용서하고 테세우스의 죄를 면해 주며 작품은 감동적으로 끝이 난다.

『히폴리토스』는 에로스가 언제나 좋은 것일 수 없으며 사람을 파멸과 불행으로 이끌 수 있다는 것을 잘 보여 준다. 『히폴리토스』에서 파이드라가 보여 준 에로스는 전처의 아들 히폴리토스를 향해 품었던 욕정이다. 일설에 의하면 그녀는 테세우스와 결혼하기 전부터 히폴리토스를 흠모하여 그를 위한 신전을 세운 적이 있었다고도 전해진다. 그러나 그녀는 연심을 품고 있던 히폴리토스가 아니라 그의 아버지이자 자신과도 나이 차가 많이 났을 테세우스와 결혼하게 되었는데, 끝내 히폴리토스를 향한 자신의 마음을 통제하지 못했던 모양이다. 그리고 그 결과 파이드라가 맞이하게 된 결과는 매우 비참한 것이었다. 전처와 현 남편의 아들인 히폴리토스에게 품었던 에로스는 그녀로 하여금 근친상간을 계획하게 했고 한 나라의 왕비를 사회가 허용하는 윤리의 길에서 완전히 벗어나게 했다. 파이드라의 사랑은 그에 비례하는 광기와 수치심을 낳았고 결국 그것들에 잠식당해 스스로 죽음을 선택하기에 이르렀다. 그뿐인가? 파이드라의 사랑은 그녀 자신의 불행뿐만 아니라 그녀를 사랑했을 테세우스와 그녀가 사랑했던 히폴리토스도 불행하게 만들었다. 파이드라의 에로스는 그녀와 관계된 사람 모두에게 파멸적 결말을 가져왔던 것이다. 심지어 죽음으로 자신의 수치심을 가리고자 했던 마지막 계획마저 여신 아르테미스의 폭로로 인해 무산되었다. 파이드라는 죽어서도 불명예를 피하지 못하게 되었다. 그녀의 에로스는 그녀 자신을 철저히 파괴하여 불행으로 이끌었다.

플라톤의 『향연』
: 소크라테스의 에로스

『히폴리토스』에서 우리는 에로스가 사람을 파멸과 불행으로 몰아갈 수 있다는 점을 볼 수 있었다. 그렇다고 이 점을 모든 경우로 확대해서 일반화할 수 있는 것은 아니다. 사랑에 빠진 사람은 그렇지 않은 사람보나 행복해 보이고 많은 사람이 평생 독신으로 사는 것보다는 배우자를 만나 서로 사랑하며 살아가기를 원하기 때문이다. 사람이 불행할 때 행복하게 보인다거나 많은 사람이 나쁨을 그 자체로 원하는 것이 아닌 한, 그것은 사랑이 사람을 불행의 반대편에 놓인 행복으로 데려갈 수도 있음을 시사하는 것이 아닐까? 이 점은 성적인 의미로 사랑의 범위를 좁혀서 바라봐도 마찬가지다. 플라톤은 에로스를 통해서 우리가 인간의 불완전함을 극복하고 완전한 행복에 한 걸음 가까이 다가설 수 있다고 대화편 『향연』에서 소크라테스의 입을 빌려 말한다.

1. 모든 사랑이 아름답지는 않다

에로스가 인간 삶의 완성과 행복을 이끈다는 주장의 시작은 꽤 의뭉스럽다. 결론과 반대되는 것처럼 보이는 이야기에서 출발하기 때문인데, 그것은 '에로스는 아름답지도 좋지도 않다'는 것이다. 이것은 조금 전까지 살펴본 『히폴리토스』의 내용과 일맥상통하는 것처럼 보인다. 『히폴리토스』의 이야기는 에로스가 반드시 아름답고 좋기만 한 것은 아니라는 점을 잘 보여 주고 있었기 때문이다. 그녀의 사랑은 히폴리토스의 육체에서 비롯된 것이고 그의 육체와 성적 접촉을 지향하는 종류의 사랑인 에로스였기 때문이다. 대중문화에서 사랑이 낭만주의 소비재로 향유되는 경우가 많아서 그런지는 몰라도, 그것이 순수하게 아름답고 좋은 것이라는 인상이 짙은데, 이런 관점에서 보자면 에로스가 아름답지도 추하지도 않다는 말은 꽤 파격적으로 들린다. 에로스가 가진 대중적인 이미지는 날개 달린 어린 천사 쿠피도다. 이것은 누가 보아도 아름답고 좋은 어떤 것을 형상화하고 있는 게 아닌가? 적어도 귀엽고 예쁘기는 한데 귀엽고 예쁜 것은 아름답고 좋은 것의 일종이라고 할 만하지 않나? 우리나라의 대표적인 청소년 성교육 브랜드(?)도 '아우성(아름다운 우리들의 성)'인데 이건 잘못 지은 이름일까? 지금부터는 『향연』의 소크라테스를 따라 에로스가 아름답지도 않고 좋지도 않다고 하는 주장의 논거와 그 구조를 알아보자.

육체적·성적 사랑의 욕구인 에로스는 대상을 필요로 한다. 육체적·성적 사랑은 상대방과 자기 자신의 관계 속에서만 가능하기 때문이다. 그리고 에로스는 자신의 대상이 되는 것을 욕구하기 마련이다. 이때 에로스는 자기가 욕구하는 그 대상을 소유한 상태에서 욕구할까, 결여한 상태에서 욕구할까? 부자가 부자이길 욕구하거나 건강한 사람이 건강을 욕구하는 경우조차 그들이 원하는 것은 이미 가지고 있는 현재의 부와 건강이 아니라 아직 갖지 못한 미래의 부와 건강이다. 요컨대 에로스를 포함하여 욕구하는 모든 것은 사신이 결여하고 있는 것을 욕구하는 것이다. 그런데 우리는 에로스가 아름다움을 욕구하고 추구한다는 것을 알고 있다. 모든 사람은 에로스를 가지고 있는데, 제 눈에 안경이라고 적어도 자기 눈에는 아름다워 보여야 비로소 그 대상을 육체적·성적 사랑의 대상으로 삼으려 하기 때문이다(자기 눈에 추해 보이고 스스로 상대방이 추하다고 생각하면서도 그 대상을 육체적·성적 사랑의 대상으로 삼으려 하지는 않으니까 말이다). 그렇다면 에로스는 아름다움을 결여하고 있고 따라서 아름다운 것이 아니다. 게다가 진정으로 아름다운 것은 모두 좋은 것이고 진정으로 좋은 것은 모두 아름다운 것이므로, 참된 의미에서 아름다움과 좋음은 같은 것이기 때문에, 에로스는 아름다운 것이 아님과 동시에 좋은 것도 아니다.

2. 인간에게 주어진 에로스의 본성

에로스가 아름답지도 않고 좋지도 않다면, 그것이 추하고 나쁘다는 말인가? 어떤 의미에서는 그런 것 같기도 하다. 『히폴리토스』의 파이드라가 보여 준 사랑도 분명 추하고 나쁜 쪽이었던 것 같다. 하지만 천재가 아니라고 해서 무조건 바보라고 할 수 없는 것처럼, 에로스도 아름답지도 좋지도 않다고 해서 추하고 나쁘다고 할 수 없다. 그는 아름답지도 좋지도 않고 추하지도 나쁘지도 않은 중간적 존재다. 에로스의 이러한 본성은 그의 탄생 이야기와 관련이 있다.

에로스는 아프로디테의 탄생을 기념하는 신들의 축하연이 있던 날 태어났다. 수많은 신이 연회에 참석했는데 이들 가운데는 방법과 수단의 신 포로스도 있었다. 연회가 깊어지자 신들의 음료인 넥타르에 취한 포로스가 야외 정원에 나와 거닐다 그만 잠이 든다. 그때 마침 음식을 구걸하려고 문가에 자리를 잡고 있던 빈곤과 결핍의 여신 페니아가 그를 발견한다. 그녀의 삶은 말 그대로 답이 없었다. 그런데 지금 자신의 눈앞에 자기는 갖지 못한 '답'의 신이 누워 있는 것이다. 이때다 싶었던 페니아는 '답'을 얻고자 포로스와 동침하여 에로스를 낳는다. 그 결과 에로스는 매우 특이한 속성을 가지고 태어난다.

먼저 에로스는 아프로디테의 생일을 기념하는 날에 태어났기 때문에 아름다움을 사랑하는 본성을 갖게 되었다. 다음으로 어머니 페니아의 본성을 이어받은 탓에 자신이 사랑하고 욕구하는 아름다움을 얻어도 금방 새어 나가 버려 결핍 상태가 되어 버린다. 하지만 다른 한편으로는 아버지 포로스의 능력을 물려받아 자신이 결여하고 있는 욕구의 대상을 획득할 방책과 수단을 능란하게 찾아낸다. 이것이 『향연』의 소크라테스가 말하는 에로스의 본성이다. 그런데 이처럼 좋지도 나쁘지도 않은 에로스가 왜 인간들에게 주어진 것일까?

3. 에로스의 원대한 꿈

에로스는 육체적·성적 사랑이자 그것을 향한 욕구로서 인간을 비롯한 수많은 동물에게 본성적으로 주어져 있다. 그것은 욕구하는 바를 항상 결핍하고 얻어도 금방 잃어버리지만, 동시에 자신이 결핍하고 있는 대상을 획득하려는 방법과 수단이 언제나 풍부한 존재다. 그것은 아름다움과 추함 그리고 좋음과 나쁨 사이에 놓이는 중간적 존재인 정령이고 신과 인간의 사이에서 그 둘을 연결하는 매개자다. 에로스는 중간 매개자로서 유한하고 필멸하는 운명을 가진 인간들과 무한하고 불멸하는 운명을 가진 신들 사이를 연결해서 인간들이 신들에게 한걸음 가까이 다가갈 수 있도록 돕는다. 에로스가 이러한 도움을 통해서 성취하려는 것은 무엇인가? 바꿔 말해서 육체적·성적 사랑의 욕구는 어떤 궁극적 목적을 이루기 위해 우리 몸

안에 들어와 있는 걸까?

　에로스는 아름다움을 사랑하고 욕구한다. 그럼 아름다움을 사랑하는 자는 무엇을 사랑하는 걸까? 이것은 우리를 향한 질문이다. 모든 인간이 에로스를 가지고 있기 때문이다. 에로스도, 에로스를 가진 우리도 아름다움을 사랑한다. 그런데 우리는 아름다움을 사랑하면서, 그것이 어떻게 되기를 원하는 걸까? 에로스는 갖고 있지 못한 것을 욕구한다고 했으니 아마도 그 대상을 소유해서 자기 것이 되기를 원하는 것이 아닐까. 그러므로 아름다움을 사랑하는 자는 그 아름다움이 자기 것이 되기를 원할 것이다. 그리고 다시, 아름다움이 자기 것이 되면 그 사람에게는 무슨 일이 생기게 될까? 대답하기 쉽지 않다. 연인의 아름다움이라면 결혼을 생각할 수 있지만 조건을 따지다 보면 아름답다고 반드시 결혼하게 된다는 보장은 없다. 여기서 참된 아름다움과 좋음은 상통한다는 플라톤 특유의 전제를 사용해서 질문을 바꿔 보자. 좋음이 자기 것이 되면 그 사람에게 무슨 일이 생기게 될까? 이번에는 답이 한결 분명해진다. 인간에게 있어서 최고선이자 가장 자족적인 것, 다른 모든 것이 그것을 위해서 있지, 그것이 다른 어떤 것을 위해서 있는 것이 아닌 어떤 것, 즉 행복이 있게 될 것이다. 그렇다면 에로스의 목적은 행복이 자기 것이 되는 것이고 그것이 단순히 결에 있기를 원하는 것이 아니라 가급적 오래, 가능하다면 영원히 곁에 있기를 원할 것이다. 요컨대 에로스의 목적은 행복이 영원히 자기 것이 되는 것이며 이것은 에로스를 본성으로 가진 우리 인간들의 궁극적인 목적이기도 하다.

그러나 인간은 반드시 죽음을 맞이하는 운명을 받아 가진 존재다. 필멸자인 인간이 영원하고 끝나지 않는 불사적 행복을 갖도록 하는 것은 아무리 방책과 수단의 신 포로스의 아들인 에로스라고 하더라도 쉽지 않은 일이다. 따라서 에로스는 인간들이 최대한 불사에 참여하면서 행복을 누릴 수 있도록 만드는 인간적 차원의 대안을 찾아야 한다. 과연 좋음의 영구적 소유 또는 불사적 행복을 위해 에로스는 어떤 방법을 동원하게 될까?

4. 포로스의 아들, 불사를 위한 방법을 찾다

포로스의 아들 에로스가 찾아낸 불사적 행복의 소유를 위한 인간적 차원의 대안은 '아름다운 것 속에서의 출산'이다. 에로스는 인간이 좋음의 영구적 소유 또는 불사적 행복을 달성토록 하기 위해서 아름다운 것 속에서 출산하도록 한다는 것이다. 이는 다시금 두 종류로 나뉜다. 하나는 '육체를 통한 출산'이고 다른 하나는 '영혼을 통한 출산'이다.

먼저 육체를 통한 출산은 대부분의 사람이 에로스를 통해 선택하게 되는 불사적 행복의 수단이다. 인간은 어느 정도 육체적 성숙이 이루어지면 이성에게 이끌리고 그런 방식으로 사랑에 애타는 상태가 된다. 이러한 방식의 출산을 통해서는 가사적^{可死的} 자손인 아이를 얻는다. 많은 사람은 이 방법을 통해서 자기들 나름의 불사를 달성하게 되는데, 이 경우 개체의 수준에서는 죽음을 맞이하지만, 적어도 자신에게는 아름답다고 여겨지는 이성 안에서 자신과 최대한 닮은 것을 낳고 죽어서 떠나갈 자신의 빈자리에 남김으로써 종의 수준에서는 불사를 달성할 수 있게 된다. 이것은 마치 세포분열을 통해 기존 세포가 자신의 자리를 새로운 세포에 남기고 자기 자신은 탈락하는 과정을 연상시킨다.

두 번째 방법은 영혼을 통한 출산이다. 이것은 육체를 통한 출산과 달리 불사적 자손을 남긴다. 인간이 육체적 성숙의 시기를 지나 정신적인 성숙까지 이루게 되면, 영혼에서도 지적 출산의 욕구를 느끼게 된다. 그러면 그는 자신과 더불어 혹은 자신을 도와 지성적 출산을 할 아름다운 영혼을 찾아 나선다. 그리고 그런 영혼을 만나면 그와 교제하며 지금까지 자신이 출산하길 원했던 종류의 자손을 출산하게 된다. 작곡가 지망생은 명곡을 쓰고 싶은 욕구를 느껴 자신을 잘 지도해 줄 선생이나 교수를 찾아가 배움으로써 마침내 원하던 명곡을 써내고, 과학자는 좋은 논문을 쓰고 싶은 욕구를 느껴 훌륭한 교수나 동료를 찾아가 함께 연구함으로써 끝내 원하던 논문을 쓰게 되는 경우가 바로 영혼을 통한 출산과 분만의 상황에 해당하겠다. 이렇게 탄생한 자손들은 육체적 출산을 통해 낳은 가사적 자손보다 훨씬 수명이 길고 불사적이다. 에우리피데스의 가사적 자손들은 100년을 한참 채우지 못하고 죽었겠지만, 『히폴리토스』를 비롯한 그의 불사적 자손인 비극 작품들은 2500년이 지난 지금까지도 전승되어 그의 정신을 전해 주고 있으니 말이다.

필리아를 위한 안티고네의 숭고한 투쟁

안상욱

희랍에는 에로스와 함께 사랑으로 불리는 또 다른 이름의 사랑이 있다. 필리아^{Philia}가 그것이다. 에로스는 육체적·성적 사랑이고 그것을 향한 욕구로서 마치 불꽃처럼 짧은 시간 동안 타오르며 자기를 반복해서 소진한다. 에로스에 의한 사랑의 대표적인 예는 뜨겁게 사랑을 나누고 있는 연인들의 사랑이다. 반면에 필리아는 육체적 관계에 대한 갈망인 '성욕'을 배제한 정신적인 사랑인데, 이것은 우리의 '정情'과도 닮은 데가 있어서, 함께 지낸 시간에 비례하여 더 커지거나 굳어지는 경향이 있다. 필리아에 의한 사랑의 대표적 사례는 부모와 자식 간의 사랑이지만, 형제나 친구들 사이의 돈독한 관계를 표현할 때에도 쓰인다. 이처럼 필리아가 여러 맥락에서 사용되는 까닭에, 모든 문맥에서 필리아를 대신할 수 있는 단일한 우리말을 찾기는 어렵다. 그래서 필리아는 상황에 따라서 '친애', '우정', '애정', '사랑' 등 다양한 이름으로 옮길 수 있다. 이 글은 필리아가 어떤 것인지 그 특성을 생생하게 소개하기 위해서 소포클레스^{Sophocles}의 비극 작품 『안티고네^{Antigone}』에 등장하는 주인공 안티고네를 관찰하고 그녀의 행동 속에 녹아 있는 필리아의 속성들을 찾아 조명할 것이다.

소포클레스의 비극 『안티고네』
: 안티고네의 필리아

1. 가족애를 위해 국가의 법과 왕의 권위를 거부하는 안티고네

『안티고네』는 우리에게도 잘 알려진 오이디푸스^{Oedipus} 이야기에서 출발한다. 테바이의 왕이었던 오이디푸스는 자신도 모르는 사이에 친아버지를 죽이고 친어머니와 결혼을 하여 2남 2녀의 자식까지 낳아 살아간다. 친족 살해도 모자라 근친상간까지 저지른 것이다. 그는 자신이 저지른 일이 무엇이었는지 뒤늦게 깨닫고는 큰 충격에 빠져 어머니이자 아내였던 이오카스테의 브로치로 자신의 두 눈을 찔러 장님이 된 후 세상을 떠

돌아 비참하게 죽음을 맞이한다. 오이디푸스의 죽음 이후, 공석이 된 테바이의 왕위는 그의 두 아들인 에테오클레스^{Eteocles}와 폴리네이케스^{Polyneices}가 1년씩 번갈아 다스리기로 결정되지만, 에테오클레스가 약속을 어기고 폴리네이케스에게 자신의 왕권을 넘기지 않는다. 결국 폴리네이케스가 인근 도시인 아르고스로 망명함으로써 잠시 사태가 진정되는 듯했지만, 망명 후 아르고스의 왕 아드라스토스의 부마[1]가 된 폴리네이케스가 아르고스의 군대를 이끌고 테바이를 침공하면서 대를 이은 불행에 다시금 불이 붙는다. 이 전쟁에서 테바이는 도시를 지켜 내지만, 두 형제는 서로의 검에 의해 죽음을 맞이하고 또다시 테바이의 왕위는 공석이 된다. 전쟁이 끝난 후, 오이디푸스의 처남인 크레온^{Creon}이 테바이의 섭정을 맡게 되는데, 그는 곧바로 폴리네이케스의 장례를 금하고 이를 어기는 자는 사형에 처한다는 포고령을 도시 전체에 내린다. 테바이의 전 왕이었던 에테오클레스의 시신은 거두어 장례를 치르지만, 폴리네이케스의 시신은 짐승들에게 뜯어 먹히며 땅 위에서 썩어 가도록 방치하고 모욕을 주겠다는 것이다. 이 소식을 듣게 된 2녀 중 언니인 안티고네는 여동생인 이스메네^{Ismene}를 왕궁 앞으로 불러 자신들이 오라버니의 시신을 거두어 장례를 치르자

---

1 왕의 사위

고 제안한다. 그녀가 내세우는 이유는 혈육으로서의 도리다. 이스메네를 처음 만났을 때부터 안티고네는 자신들이 둘만 남은 혈육이자 유일한 가족이라는 점을 강조한다. 단순히 이름만 부르지 않고 굳이 단수와 복수 외에 다른 문법적 수인 쌍수dual를 동원해서 '같은 어머니에게서 태어난 이스메네'라고 부르는 것이다. 여성이지만 담대하고 영웅적인 안티고네와 달리 이스메네는 현실을 받아들이고 권위 앞에서 고개를 숙인다. 폴리네이케스는 이스메네에게도 오라버니다. 그녀에게도 장례 금지령은 가슴 아픈 일이다. 하지만 이스메네는 안티고네와는 달리 마음이 여리고 약하다. 죽은 오라버니도 소중하지만 살아 있는 언니는 더욱 소중하다. 그녀는 어찌할 바를 몰라 하면서 포고령을 어기면 사형에 처해진다며 안타깝지만 자신들이 감당하기에는 현실이 너무나 버거우니 장례 금지령을 위반하지 말라고 언니를 말린다. 어떤 점에서는 오히려 현실적인 동생의 이런 만류에 대해 안티고네가 보인 반응은 상상 이상으로 완고하고 냉정했다. 그녀는 여동생의 비겁함을 비난하면서 혼자서라도 장례를 치르기로 한다. 이 사건을 기점으로 삼아, 안티고네는 여동생과 자신 사이에 건널 수 없는 선을 긋는다. 지금부터 자신은 가족 간의 사랑과 유대를 위해 자신을 희생하고 죽음을 기꺼이 불사하기로 한 사람이고, 이스메네는 가족 간의 사랑과 유대를 희생해서 자신의 삶을 선택하기로 한 사람으로서 서로 결코 같은 길을 갈 수 없는 사람들인 것처럼 행동한다. 앞으로 안티고네는 가족으로서의 연대에 힘을 보태려는 이스메네의 뒤늦은 노력을 전혀 받아들이지 않을 것이다. 이제 안티고네는 자신의 '경건한 범죄'를 위해 홀로 나아간다.

2. 인간의 법률을 거부하고 신들의 법률을 따르는 안티고네

같은 시각, 왕궁에서는 크레온에게 차기 왕권을 승계하는 원로회의가 열리고 있었다. 이 자리에서 크레온은 친구와 같은 사적인 인연보다 국가의 대의가 우선임을 강조하면서 왕으로서의 첫 번째 명령으로 폴리네이케스의 장례 금지령을 재선포한다. 그런데 이때, 폴리네이케스의 시신 파수꾼 중 한 명이 달려와 누군가 시신을 매장하려고 했다는 소식을 알린다. 이를 자신의 권위에 대한 직접적인 도전으로 간주한 크레온은 분노에 차 소리를 지르며 범인을 잡아 오라고 파수꾼에게 명한다. 그는 범인을 도저히 용서할 수가 없다. 이제 막 왕권을 선언한 자신의 첫 번째 명을 무시하는 행위는 자신의 권위를 짓밟는 것이자 도시의 법률과 안정을 위협하는 위험한 행동이다. 그것이 아무리 천륜에 따르고 신들의 법도에 부합한다고 하더라도.

크레온으로부터 범인 체포를 명받은 파수꾼은 동료들과 현장을 지킨다. 그러던 어느 날, 파수꾼의 눈이 휘둥그레졌다. 안티고네가 당당히 나타나 폴리네이케스의 시신 위에 흙을 덮는 것이었다. 파수꾼들이 그녀를 현행범으로 붙잡아 왕궁으로 데려오자 크레온은 직접 그녀를 추궁하기 시작했다. 사실 크레온과 안티고네도 혈육 관계다. 그들은 각자 이오카스테의 남동생과 딸이니 서로 외삼촌과 조카딸이 된다. 그러나 안티고네에게는 외삼촌보다는 오라버니가 더 가까웠고 크레온에게는 사적 감정보다는 공적 의무와 권위가 더 중요했다. 안티고네는 당당한 태도로 신들의 불문율이 한 인간의 포고령보다 중요하다고 주장한다. 도시 전체에 내려진 장례 금지령이라고는 하지만 사실은 고작 크레온 개인의 의지에 불과하다는 것이다. 크레온도 그런 안티고네에게 크게 분노한 나머지 그녀의 동생 이스메네도 함께 공모했을 거라며 체포해 데려오라고 명한다.

마침 이스메네는 언니가 포고령을 어긴 죄로 왕궁에 붙잡혀 갔다는 소식을 듣고서 절망에 울부짖고 있었다. 그녀는 뒤늦게 언니와 운명을 함께 할 생각으로 크레온에게 자기도 언니와 함께 범죄에 가담했다는 거짓 자백을 한다. 그러나 이스메네의 이러한 노력은 뜻밖에도 언니에게 가로막힌다. 안티고네가 여동생의 범행 사실을 단호하게 부인한 것이다. 이스메네가 눈물을 쏟으며 언니에게 자신의 마음을 필사적으로 전해 보지만 안티고네는 여동생을 차갑게 거절하면서 이미 서로가 다른 길을 선택했노라고 말한다. 그러자 이스메네는 다른 방법으로 언니의 구제를 시도한다. 안티고네가 크레온의 아들인 하이몬Haemon의 약혼녀임을 환기시키면서 살려 달라고 사정하는 것이다. 그러나 크레온의 의지도 굳다. 결국 이스메네는 언니와 함께 죽는 것은 안티고네에게 거절당하고, 언니와 함께 사는 것은 크레온에게 거절당한다. 안티고네의 말처럼, 그녀가 언니와 다른 운명을 선택한 결과다. 결국 두 자매는 크레온의 명에 따라 끌려 나가고 얼마 후 크레온의 아들이자 안티고네의 약혼자인 하이몬이 도착한다.

하이몬은 공손한 태도로 아버지의 독선을 말려 본다. 테바이 사람들은 안티고네가 가장 영광스러운 행위 때문에 가장 비참하게 죽을 위기에 처했다고 수군거리고 있고, 그저 전쟁에서 죽은 친 오라비의 시신을 짐승들이 먹어 치우지 못하도록 했을 뿐이며 이것은 목숨을 걸고 가족 간의 의무를 다한 명예로운 행동이었다는 것이 대다수 사람의 생각이라는 것이다. 그러나 크레온은 아들의 말도 듣지 않는다. 그는 안티고네가 엄연한 범법자이고 백성이 통치자를 따라야지 통치자가 백성을 따를 수는 없다고 소리 지른다. 그러자 부자간의 대화는 점점 말다툼으로 번져 간다. 결국 머리끝까지 화가 난 크레온은 아들 앞에서 약혼녀를 죽이겠다며 안티고네를 다시 끌고 오라고 지시한다. 더는 아버지의 잔인함을 견딜 수 없었던 하이몬도 안티고네가 자기 곁에서 죽는 일은 결코 없을 것이며 아버지는 자신을 두 번 다시 볼 수 없을 거라는 말을 남기고 떠난다. 그럼에도 크레온은 끝까지 아들의 말을 듣지 않는다. 그는 이스메네는 죽이지 않겠지만 안티고네만큼은 꼭 죽일 것이며 자신들의 손을 더럽히지 않기 위해서 생매장하여 죽이라고 명한다.

3. 지상에 속해야 할 자와 지하에 속해야 할 자

크레온의 명에 의해 안티고네는 지하의 무덤으로 끌려갔다. 그녀는 산 채로 묻힐 예정이다. 안티고네가 무덤가에 도착하자 사람들은 그녀의 행동은 훗날 칭찬받을 것이고 그녀의 죽음은 영광스러운 죽음이 될 거라며 위로해 주었다. 안티고네는 그렇게 하데스에 내려가 만날 가족들을 생각하며 살아 있는데도 불구하고 죽은 자를 위한 무덤 속으로 걸어 들어갔다.

안티고네가 무덤가에 매장되었을 무렵, 테바이의 대 예언가 테이레시아스가 크레온을 찾아왔다. 그는 새들이 서로 죽이는 이상 현상을 보고서 점을 쳐 본 뒤 앞으로의 불행을 경고하기 위해 찾아온 것이다. 예언가는 그와 같은 이변의 원인이 크레온의 완고한 고집에 있다고 알려 준다. 크레온의 고집으로 폴리네이케스의 시신을 매장하지 않아 개와 새들이 그 살점을 먹었고 도시의 제단까지 오염된 탓에 신들이 더는 테바이로부터 제물과 기도를 받으려고 하지도 않고 예언도 내려 주지도 않는다는 것이다. 그럼에도 불구하고 크레온은 신들이 고작 인간에 의해서 더럽혀질 리 없다며 여전히 고집을 꺾지 않는다. 오히려 자신을 찾아온 예언자가 돈을 받고 왕을 속이려고 한다고 핀잔까지 준다. 그러자 테이레시아스는 며칠 내로 혈육 중 한 사람을 하데스에게 바치게 될 것임을 경고한다. 지하에 속해야 할 인간[2]은 억지로 지상에 붙들어 두고, 지상에 속해야 할 인간[3]은 억지로 지하에 보내 가둬 버렸으니 신들의 법률을 위반했고 강제로 생매장시킨 안티고네는 크레온에게 조카딸이기 때문에 가족 간의 범죄를 벌하는 에리니에스^{Erinyes}의 처벌을 피할 수 없기 때문이다. 테이레시아스가 떠난 후 내심 그의 경고에 놀란 크레온은 주변의 의견을 물은 뒤, 내키지는 않지만 마음을 바꾸기로 한다. 그는 이것이 정녕 올바른 결정인지 의심하면서도 직접 안티고네를 풀어 주기 위해 무덤을

---

2 폴리네이케스
3 안티고네

향해 출발한다. 그러나 크레온의 결정은 너무나 늦은 것이었고 그의 행동이 부른 비극적인 결과는 이미 그의 가족에게 너무나 가까이 다가와 있었다.

4. 신들의 불문율을 어긴 인간들의 왕에게 주어진 운명

크레온이 안티고네의 무덤을 향해 출발한 지 얼마 지나지 않았을 때, 안티고네의 무덤으로부터 사자가 달려와 테바이 사람들에게 안티고네와 하이몬의 비극적인 자결 소식을 전한다. 이 소식은 도시 전체에 순식간에 퍼졌다. 크레온의 아내 에우리디케도 궁전에서 나오는 길에 아들의 소식을 듣게 된다. 깜짝 놀란 그녀는 방금 도착한 전령에게 더 자세히 설명하라고 요청한다. 전령은 안티고네가 그녀를 위해 준비한 무덤에서 목을 매 자결했고 하이몬은 자결한 그녀를 발견한 다음 슬픔을 이기지 못해 안티고네를 따라 하데스로 내려갔다고 전했다. 하이몬은 죽기 전에 아버지인 크레온과 만났지만, 사랑하는 안티고네를 죽음으로 몰아넣은 아버지를 용서하지 못하고 칼을 꺼내 크레온을 죽이려 했으나 성공하지 못했고, 대신 크레온을 저주한 뒤 제단 앞에서 자신의 옆구리를 찔러 죽었던 것이다. 그러나 크레온의 비극은 이것으로 끝나지 않았다. 크레온이 자신의 선택 때문에 자식을 잃은 것을 슬퍼하며 왕궁으로 귀환하고 있을 때, 왕궁으로부터 사자가 달려온다. 그리고 사자는 크레온에게 그의 아내인 에우리디케마저 자결했다는 청천벽력 같은 사실을 알린다. 그녀는 하이몬이 스스로 목숨을 끊었다는 소식을 듣고서 충격을 받아 아들처럼 크레온을 저주하며 제단 앞에서 생을 마감했던 것이다. 자신의 실수로 모든 것을 잃은 크레온은 그제야 스스로 어리석음을 깨닫고 죽여 달라며 울부짖는다.

안티고네가 보여 준 사랑

1. 안티고네의 사랑과 필리아

안티고네는 혈육을 향한 자신의 강력한 사랑과 우애를 몸소 실천했다. 우리는 안티고네의 이러한 사랑과 우애를 필리아라고 부를 수 있을까? 이 물음에 답하기 전에 필리아를 정확히 어떻게 정의해야 하는가에 대해서 생각해 보자. 사실 필리아에 대해서 보편·타당한 규정을 제시하기는 어렵다. 직선이 무엇이냐고 묻는다면 우리는 점과 점 사이의 최단 거리라고 대답할 수 있다. 이것은 모든 직선에 대해서 참이고 모든 사람에게 보편적으로 타당하므로 '모범 답안'이 될 수 있다. 그러나 필리아에 있어서는 이러한 모범 답안이 존재하기 어렵다. 그래서 아리스토텔레스^{Aristoteles}는 당시 사람들이 필리아에 대해서 가지고 있던 통념을 받아들여 그것을 전제로 삼아 윤리 담론을 이어 나갔던 적이 있다. 그에 의하면 필리아란 상호 간에 성립하는 선의요, 내가 아닌 상대방을 위해서, 자신이 아닌 상대방에게 좋은 어떤 일이, 자신이 아닌 상대방에게 일어나기는 바라는 마음이다.[4] 이것은 같은 혈육 간에는 선천적으로 주어시시만[5], 공동의 생활 경험을 매개로 생겨나거나 키질 수도 있다.[6] 여기에는 부모와 자식 간의 애정과 형제간의 우애 그리고 친구들 사이의 우정이 포함된다.

그렇다면 안티고네의 사랑도 필리아에 해당한다고 주장할 수 있는 근거도 이것들로부터 찾을 수 있겠다. 그녀는 자기 자신을 위해서 또는 오직 자신의 이익을 위해서 행동한 것이 아니라 언제나 자신의 오라버니인 폴리네이케스를 위해서, 그에게 좋은 일이, 다른 사람이 아닌 폴리네이케스에게 일어나기를 바랐기 때문이다. 안티고네가 폴리네이케스의 시신을 찾아가 흙을 뿌리고 생매장을 당해 죽기까지 벌인 모든 선택과 결정에서 그녀가 가장 중요하게 생각한 것은 언제나 오라버니인

---

4 아리스토텔레스. 『니코마코스 윤리학』, Ⅷ, 1155b 32-34.
5 같은 책, Ⅷ, 1155a17-22.
6 같은 책, Ⅸ, 1171b30-35.

청소년 고전 수업

폴리네이케스였다. 그리고 그녀의 사랑은 오라버니를 향한 사랑, 즉 혈육 간의 사랑이었다. 아리스토텔레스가 그랬듯이 혈육 간의 사랑에는 선천적인 구석이 있다는 대중들의 통념에 기대 보자면, 안티고네의 사랑은 일방적인 선의가 아니라 상호적인 것이다. 안티고네가 폴리네이케스에게 형제인 만큼, 폴리네이케스에게도 안티고네가 형제이기 때문이다.

2. 안티고네의 사랑은 어떻게 죽음을 앞두고도 꺼지지 않을 수 있었나

아리스토텔레스는 필리아의 맥락에서 사람들이 사랑할 만한 것들^{philēton}에는 크게 좋은 것과 즐거운 것 그리고 유익한 것이 있다고 생각했다.[7] 이에 따라 사랑의 유형도 위 분류에 따라서 세 종류로 나눈다. 즉 좋음 혹은 훌륭함에 기초한 사랑과, 쾌락 혹은 즐거움에 기초한 사랑 그리고 이익 혹은 유익함에 기초한 사랑이 그것들이다. 이들 중 두 번째와 세 번째 사랑은 덜 완전한 사랑으로 일컬어진다. 이들은 상대방 자체가 아니라 상대방이 자신에게 즐거움이나 이익을 제공한다는 점에서 그 사람을 소중하게 여기는 사랑이다. 반면 가장 완전한 유형의 사랑인 좋음 혹은 훌륭함에 기초한 사랑은 상대방이 자신에게 제공하는 다른 어떤 것 때문이 아니라 상대방이 다

---

7 같은 책, Ⅷ, 1156b19-21.

른 사람이 아닌 바로 그 사람이기 때문에 성립하는 사랑이다. 이 사랑은 상대방이 가지고 있는 어떤 좋음이나 훌륭함에 토대를 두기 때문이다. 안티고네는 이들 가운데 어떤 경우에 해당할까?

안티고네의 사랑은 이들 중 가장 완전한 유형의 사랑에 가장 가까워 보인다. 만약 안티고네가 자신의 오라버니를 즐거움이나 이익을 위해 사랑했다면, 포고령을 위반하지 않는 선에서 슬픔을 삭이고 새로운 환경에 적응하고 살아가는 선택을 했을 것이 분명하다. 그녀는 장차 테바이의 왕비가 될 사람이었으니까. 하지만 안티고네는 끝내 죽음을 선택했다. 이것은 그녀의 사랑은 좋음 혹은 훌륭함에 기초하고 있다는 점을 의미한다. 또 안티고네는 자신을 위해서가 아니라 폴리네이케스를 위해서 그에게 좋은 일이 오라버니에게 생기기를 바랐고 아리스토텔레스는 바로 그러한 사랑을 좋음 혹은 훌륭함에 기초한 사랑으로 분류했다. 제삼자의 시각에서는 자기 조국을 등진 것도 모자라 공격까지 감행한 폴리네이케스가 무슨 좋은 사람으로 보이겠냐마는 이제 세상에 남은 혈육이라고는 이스메네 하나밖에 남지 않은 안티고네의 처지에서는 달랐을 것이다. 자신의 오라버니라는 사실 하나만으로 폴리네이케스는 그녀에게 충분히 소중한 사람이었다.

안티고네의 사랑이 좋음과 훌륭함에 기초한 가장 완전한 유형의 사랑에 해당한다는 것과 그녀의 가족 사랑에서 나타난 불굴의 지속성이 무슨 관련이 있을까? 지속성의 측면에서 가장 완전한 사랑과 나머지 사랑들은 판이하다. 즐거움이나 이익에 기초한 사랑의 경우는 쉽게 변한다는 점에서 불완전하다. 상대방과 가깝게 지냈던 이유가 상대방 자체가 아니라 그로부터 얻을 수 있는 재미나 모종의 이득에 있었다면, 상대방이 제공하는 재미와 이득이 사라지거나 자신의 흥밋거리나 이익의 대상이 바뀐다면 더 이상 그 상대방과 교제할 이유도 즉시 사라진다. 그런데 즐거움이나 이익은 욕구 때문에 좌우되고 우리 내면에서 가장 수시로 바뀌는 부분이 욕구 아니던가? 결국 그 두 가지의 사랑은 지속되기가 어렵다. 반면 좋음과 훌륭함에 기초한 사랑은 무엇보다 항구적이다. 이것은 즐거움이나 이익과 같이 언제 사라져도 이상하지 않은 것이 아니라 상대방의 인격 그리고 자기 자신과 상대방의 관계 속에 오랜 세월 스며들어 공고하게 자리를 잡은 좋음 혹은 훌륭함을 원인으로 갖는데, 이들은 한순간에 사라지기 어렵고 인간이 가진 것 가운데 가장 지속적인 부류에 속하기 때문이다. 이것이 안티고네의 가족 사랑이 그녀가 죽음을 맞이할 때까지 지속될 수 있었던 이유는 아닐까.

3. 안티고네는 이스메네를 사랑하지 않는 걸까

혈육과 가족을 그토록 소중하게 생각하는 안티고네가 왜 유독 여동생 이스메네에 대해서는 시종 차가운 태도로 일관하는지 의아하다. 우리는 안티고네를 동생인 자신이 가족으로서 오라버니를 아끼는 마음은 진지하게 생각하면서, 여동생인 이스메네가 가족으로서 자신을 아끼는 마음은 대수롭지 않게 생각하는 내로남불형 캐릭터로 간주해야 하는 걸까?

안티고네가 이스메네를 가족으로서 사랑하지 않았다고 보는 것은 좀 과한 측면이 있다. 그랬다면 폴리네이케스의 매장에 대해 의논하기 위해 이스메네를 부르지도 않았을 것이다. 그럼 왜 안티고네는 그 후 이스메네에 대해서 차갑게 대했을까?

안티고네는 이스메네를 아끼지만, 궁전 앞에서 처음 논의를 나눴을 때, 그녀가 가족에 대한 애정을 지키기 위해 자신과 같은 수준의 용기와 각오를 보여 주지 않는 것에 대해서 다소 실망한 것은 분명하다. 하지만 그것은 마지막 혈육인 여동생과 지속적인 마음의 일치harmonia를 나눌 수 없는 것에 대한 실망이지 그녀 자체에 대한 분노는 아니다. 오히려 안티고네의 행보는 이스메네의 선택을 존중하고 그녀를 보호하기 위한 선택으로 받아들일 수도 있다. 안티고네는 이스메네가 그녀에 대한 걱정을 진지하게 드러내고 있음에도 불구하고 자신의 고통에 동참하려는 여동생을 일관되게 거부했다. 이것은 이스메네를 진정으로 사랑한다면 안티고네가 응당 취해야 할 행동이 아니었을까. 안티고네는 권위적인 크레온이 왕위에 오른 뒤 처음으로 내린 포고령을 정면으로 반박한 이유로 그의 미움을 받는 형편이었다. 이런 상황에서 사랑하는 이스메네를 그녀가 선택한 대로 계속 살아갈 수 있도록 하려면, 의심의 여지를 최대한 남기지 않고 안티고네 자신으로부터 분리시켜야 한다. 이를 위해서는 이스메네에게 매정하게 대할 수밖에 없고 크레온 앞에서는 더욱 그래야 했을 것이다. 이는 참된 사랑을 가진 사람에 대한 아리스토텔레스의 설명에도 부합한다.

> [···] 모든 사람은 자기 때문에 소중한 사람들이 고통받는 것을 바라지 않는다. 다른 사람의 고통에 매우 무심한 자가 아니라면, 자기로 인한 고통이 소중한 사람들에게 일어나게 내버려두지는 않는다. 이들은 그들 스스로 그런 자들이 아니기 때문에, 함께 한숨 쉬며 슬퍼할 사람들을 허용하지 않는다 [···]
>
> - 아리스토텔레스, 『니코마코스 윤리학』 VIII, 1171b5-10.

지금까지 혈육을 향한 안티고네의 사랑, 특히 그녀의 오라버니 폴리네이케스에 대한 사랑을 『니코마코스 윤리학

Nicomachean Ethics』에서 소개되는 필리아적 사랑 개념과 견주어 소개해 보았다. 그녀의 사랑은 아리스토텔레스가 말하는 가장 완전한 사랑인 좋음 혹은 훌륭함에 기초한 사랑에 가까워 보였고 이는 즐거움이나 이익 같은 우연적이고 확고하지 못한 것보다는 상대방 자체와 그와 자신의 관계 속에 오랜 세월 동안 깊이 새겨진 좋음과 훌륭함을 바탕으로 지속되는 것이었다. 가족에 대한 안티고네의 사랑이 보여 주는 불굴의 끈기와 지속성은 이러한 유형의 사랑의 특성을 반영하며, 이스메네에 대한 그녀의 매정한 태도 또한 자기 선택의 결과로부터 여동생을 보호하려는 의도로 해석할 수 있다는 점에서 여전히 가족 사랑의 프레임 속에서 이해할 수 있었다. 가족에 대한 그녀의 사랑은 가족을 대하는 우리의 태도를 돌아보게 할뿐더러 가족을 소중하게 여기는 마음의 중요성을 환기시켜 준다.

청소년 고전 수업

알파남의 첫사랑

— 아폴로와 다프네의 변신 이야기

심정훈

청소년기는 질풍노도의 시기로 불린다. 어린이와 성인의 중간 과정에서 겪는 신체와 정신적 변화가 마치 '강한 바람과 성난 파도' 같이 휘몰아치기 때문이다. 고대 로마사에도 이러한 과도기적 시대가 있었다. 그리고 이런 질풍노도의 시기를 읊었던 시인들이 있었다. 오비디우스^{Ovidius}는 로마 최초의 황제인 아우구스투스^{Augustus}의 시대에 활약했던 대표적인 시인 중한 명이었다. 그의 가장 유명한 작품은 단연 『변신 이야기$^{The Metamorphoses}$』이다. 변신으로 종결되는 250여 개의 신화가 오비디우스의 손끝에서 꼬리에 꼬리를 문다. 고대 그리스·로마 신화의 집대성이라고도 볼 수 있는 이 작품의 서사는 만물의 기원으로 거슬러 올라간다. 우주의 창조와 인류의 탄생, 황금시대, 은시대, 청동시대, 철시대를 거쳐 대홍수와 재창조를 아우르는 대서사는 카이사르Caesar의 신격화와 아우구스투스의 집권으로 막을 내린다. 총 15권으로 구성된 이 작품의 제목이 암시하듯이 '변신'이란 주제가 매 에피소드를 장식한다. 이러한 변신들의 기저에는 만물이 소멸하지 않고 끊임없이 모습만 변한다는 생각이 흐르고 있다. 끊임없이 변화하는 오비디우스의 세상은 정적이고 질서정연하기보다는 동적이며 변화무쌍하다. 무엇이 세상을 이렇게 동적으로 만들었을까?

사랑은 만물을 정복하고, 우리는 사랑에 무릎 꿇는다.

비록 베르길리우스Vergilius의 시구이지만, 오비디우스도 이 말에 전적으로 동의했을 것이다. 오비디우스에게 세상을 바꾸는 가장 강력한 원동력은 사랑이었다. 사랑을 노래하는 연애 시인답게 그는 사랑의 힘을 믿었다. 비록 그 사랑이 왜곡되거나 이뤄지지 않았을지라도 말이다. 오비디우스의 본격적인 변신 이야기도 이러한 사랑 이야기로 시작한다. 다름 아닌 태양의 신 아폴로Apollo의 첫사랑 이야기였다.

피톤을 물리친 아폴로와
쿠피도의 분노

대홍수가 세상을 휩쓸고 지나간 이후 햇볕에 데워진 진흙에서 다양한 생명체들이 자연 발생하기 시작했다. 홍수 이전의 생물들이 복구되는가 하면, 처음 보는 괴물들도 새롭게 탄생했다. 거대한 뱀 피톤^{Python}도 이때 태어난 괴물 중 하나였다. 지금도 동남아시아에서 발견되는 거대한 비단뱀을 '파이썬'이라 부른다. 그러나 신화 속의 원조 피톤은 수천 제곱미터를 차지할 정도로 압도적인 크기를 자랑했다. 인류를 공포에 몰아넣은 피톤을 처치한 장본인은 궁술의 신 아폴로였다. 그는 델포이에서 수천 발의 화살을 퍼부어 피톤을 물리쳤고, 자신의 업적을 기리고자 피티아 축전을 창설했다. 피티아 축전은 지금까지도 전 세계인의 축제로 각광받는 올림픽 경기 다음으로 그리스인들에게 중요했던 신성한 축제였다. 이 축제에서 권투, 달리기 경주, 전차 경주의 승자에게는 월계수 화환을 수여해 왔다. 그러나 이는 너무 앞서 나간 얘기다. 아폴로가 피톤을 무찔렀던 당시 세상에는 아직 월계수가 존재하지 않았기 때문이다. 월계수의 기원은 아폴로의 첫사랑 이야기로 거슬러 올라간다.

아폴로의 첫사랑은 페네오스^{Peneus}의 딸 다프네^{Daphne}였다. 그
런데 그에게 이런 정염을 준 것은 눈먼 우연이 아니라 쿠피도
^{Cupido}의 잔혹한 분노였다.

피톤을 무찌른 아폴로의 첫사랑은 다프네였다. 다프네의 아
버지는 그리스 테살리아 지방에 흐르는 강물의 신 페네오스였
다. 그러니까 태양의 신 아폴로가 강물 요정 다프네와 사랑에
빠진 것이다. 그리스인들은 만물이 흙, 물, 불, 그리고 공기로
구성된다고 믿었다. 불은 상공으로 솟아오르는 성질을 가지고
물은 아래로 흘러내리는 성질을 가지는데, 불을 상징하는 태
양의 신과 물을 상징하는 강물 요정이 만났으니 상극끼리의
만남이었다. 그럼에도 불구하고 아폴로가 사랑에 빠질 수밖에
없었던 이유는 애욕의 신인 쿠피도가 원한을 품고 그에게 앙
갚음했기 때문이다. 태연히 활시위를 당기는 쿠피도를 향한
아폴로의 모욕적인 말투가 화근이었다.

아폴로는 피톤을 쓰러뜨린 업적으로 자아도취에 빠져 있었
다. 그는 괴물을 처치한 자신의 활의 위력은 사랑이나 불러일
으키는 쿠피도의 활과는 근본적으로 다르다고 생각했다. 우월
감에 도취한 아폴로는 쿠피도의 활을 한껏 무시한다. 그러자
쿠피도도 아폴로에게 맞대응한다.

아폴로여, 그대의 화살이 백발백중일지라도 내 화살은 그대를 맞힐 수 있지요. 동물이 신들만 못하듯이 그대의 영광도 내 영광만 못하지요.

쿠피도는 자신의 화살이 아폴로의 화살보다 뛰어나다며 물러서지 않는다. 피톤을 쓰러뜨린 태양의 신에게 도전한 쿠피도는 누구일까? 잘 알려져 있듯이 쿠피도는 종종 날개 달린 앳된 소년으로 묘사되곤 하는 그리스 신화의 에로스에 해당한다. 그는 인간과 신들에게 무차별적으로 사랑의 화살을 쏘아 해괴망측한 추문을 조장하는 말썽꾸러기로 그려진다. 이런 쿠피도에게 '잔혹한 분노'라는 표현은 뭔가 어색하다. 피톤을 퇴치한 궁신弓神 아폴로 앞에서 '장난감' 활을 둘러맨 소년이 분노하는 것이 가당키나 하단 말인가!

사실 '잔혹한 분노'라는 표현은 서사시의 주인공에게나 어울릴 법한 표현이었다. 그리스·로마 문학의 시초였던 『일리아스Ilias』의 첫마디가 아킬레우스의 '분노'였다. 그만큼 분노란 단어는 서사시 전통과 밀접히 연관된 단어였다. 그렇다면 오비디우스가 영웅적인 서사시와 전혀 무관해 보이는 쿠피도의 잔혹한 분노를 언급한 이유는 무엇이었을까? 단순한 반어법에 불과했을까? 그럴지도 모른다. 하지만 여기에는 연애 시인이었던 오비디우스의 숨겨진 의도가 있을지도 모른다. 사실 그리스 신화에서 쿠피도는 개구쟁이 소년으로만 묘사된 것은 아니었다. 그는 생명의 원초적인 원리로 소개되기도 했다. 헤시오도스의 『신들의 계보』에 따르면 우주 만물은 카오스, 가이아, 타르타로스, 그리고 불사신들 가운데 가장 준수한 에로스로부터 기원했다. 헤시오도스의 에로스는 만물의 생성 원리였다. 그는 신들과 인간을 불문하고 그들의 사지를 나른하게 만들며 그들의 생각과 현명함을 마비시키는 원초적인 생식능력에 해당했다. 오비디우스는 한낱 소년의 모습을 한 쿠피도 이면에 헤시오도스의 막강한 에로스적 힘을 보았고, 그것에 맞게 '잔혹한 분노'란 표현을 붙였던 것이다. 쿠피도는 아폴로가 얕잡아 볼 상대가 아니었다. 그는 아폴로의 사지와 마음을 마비시킬 수 있는 강력한 존재였기 때문이다.

쫓고 쫓기는 아폴로와 다프네

아폴로에게 모욕당한 쿠피도는 즉시 파르나수스 산꼭대기로 솟아올라 두 개의 화살을 뽑아 든다. 하나는 사랑을 내쫓는 화살이고, 다른 하나는 사랑에 불을 지피는 화살이었다. 사랑에 불을 지르는 화살은 예리한 황금 촉이 달렸고,

사랑을 내쫓는 화살에는 무딘 납 촉이 달렸다. 쿠피도는 무딘 납 촉 화살로 요정 다프네를 맞췄고, 날카로운 황금 촉 화살로는 아폴로를 쏘아 그의 뼈와 골수를 관통했다. 효력이 있었던 것일까? 아폴로는 즉각 욕망에 사로잡혔지만, 다프네는 사랑이란 말에 소스라치게 놀라며 숲속에 숨기 급급했다. 쿠피도가 쏜 무딘 납 촉 화살이 그녀의 마음에 사랑과 결혼에 관한 생각을 무디게 만들었던 것이다. 다프네는 수많은 사내의 구혼에도, 손주를 간절히 원하는 아버지의 닦달에도 흔들리지 않고 영원히 처녀로 남기를 소망한다. 얼굴을 수줍게 붉히며 귀여운 두 팔로 아버지 페네오스의 목을 끌어안고는 수렵의 여신 디아나Diana처럼 영원히 처녀로 남게 해 달라고 애원한다. 자식 이기는 부모 없다고, 아버지 페네우스는 딸의 간청을 들어준다. 그러나 아버지의 허락이 그녀의 뜻을 관철시키지는 못했다. 문제는 다프네의 아리따운 외모였다. 아폴로는 다프네를 보자마자 그녀와 사랑에 빠져 결혼하기를 원했다. 말이 사랑이지, 사실 그는 다프네의 외모에 끌려 걷잡을 수 없는 욕정에 사로잡혔다. 반면에 사랑을 몰아내는 납 촉 화살에 맞은 다프네의 처지에서 아폴로의 시선은 부담스러울 뿐이었다. 그녀는 애타게 부르는 아폴로를 뒤로한 채 달아나기 바빴다. 새끼 양이 늑대에게서 달아나듯 다프네는 아폴로에게서 달아났다. 아폴로는 달아나는 그녀의 등을 향해 사랑의 마음을 고백한다. 그러나 다프네는 돌아서지도 멈추어 서지도 않았다. 아폴로는 혹여나 그녀가 서두르다가 발길을 헛짚을세라 거리를 두고 뒤쫓기 시작한다. 그런데 아무리 생각해 보아도 그녀가 도망치는 이유를 도통 알 수 없었다. 본인 정도면 누구에게도 꿀리지 않는다고 생각했다. 아폴로는 다프네가 자신을 알아보지 못했다고 생각하고는 그녀를 설득하기 시작한다.

요정이여, 페네오스의 딸이여, 제발 멈추시오! 그대는 모르오, 조급한 소녀여, 그대는 누구로부터 달아나는지 전혀 모르오. 그래서 달아나는 것이오. 델피 땅과 클라로스와 테네도스와 파타라 왕궁이 나를 섬긴다오. 유피테르^{Jupiter}가 나의 아버지오. 나를 통해서 미래사와 과거사와 현재사가 밝혀지고, 나를 통해 노래에 현이 조율된다오. 내 화살은 절대 빗나가지 않지만, 내 화살보다 더 확실한 화살 한 발이 근심 없던 내 가슴에 상처를 입혔소. 의술은 내 발명품이고, 온 세계에서 나는 구원자로 불리며, 약초의 효능도 내게 달렸소. 하지만 아아, 사랑을 치료해 줄 약초는 존재하지 않고, 모두에게 유익한 능력도 주인인 나에게는 무용지물이구려!

아폴로는 그리스 여러 지역의 수호신이었다. 그는 최고신 유피테르의 아들이었고, 음악과 시, 예지, 궁술, 그리고 의술의 신이기도 했다. 모든 남성이 그처럼 되고 싶어 하고, 모든 여성이 그와 함께하고 싶어 할 만한 그런 존재였다. 모든 조건을 두루 갖춘 육각형 알파남이었다. 근심 걱정 없이 자기도취에 빠져 살던 그는 예기치 못한 난관에 봉착했다. 미래사를 꿰뚫는 예지의 신이었던 그는 자신의 운명만은 내다보지 못했고, 궁술의 신이라는 말이 무색하게 소년의 화살에 놀아나 한낱 요정과 사랑에 빠지고 만 것이다.

사랑에 빠지는 자연스러운 현상이 뭐 대수냐고 반문할 수도 있겠지만, 발정 난 신의 추태란 영 못 봐줄 지경이었다. 의술의 신이 감정에 휘둘리는 모습은 더더욱 우스꽝스러웠다. 그도 그럴 것이 욕정과 같은 충동적인 감정은 마음의 병으로 간주되었기 때문이다. 우리도 '연애병'이나 '상사병'이란 표현처럼 사랑을 병이라 부르지 않는가? 당시에 격정은 의학적인 병으로 간주되었다. 그런데 모든 병을 치료해서 만인의 구원자란 명성까지 얻은 의술의 신이 자신의 병은 못 고쳐 요정의 뒤꽁무니나 쫓아다니니 안쓰러울 따름이다. 음악을 관장하는 신이라는 호칭도 마찬가지다. 그리스의 전통 교육은 음악과 체육으로 구성되었는데, 체육이 육체를 단련했다면, 음악은 마음을 수련했다. 한데 음악의 신이 마음을 주체치 못한 꼴이었다. 아폴로 본인도 '사랑을 치료해 줄 약초는 존재하지 않는다'며 본인의 처지를 한탄한다.

다프네의 환심을 사고자 속사정을 드러내며 사랑을 고백했건만, 그의 말이 채 끝나기도 전에 다프네는 겁에 질려 달아났다. 그러나 아폴로는 이대로 포기할 수 없었다. 다프네의 달아나는 모습마저 너무나도 매혹적이었기 때문이다.

다프네를 달콤한 말로 설득하는 데 실패한 아폴로는 본색을 드러낸다. 이전까지는 다프네가 다칠세라 조심스럽게 접근했지만, 이제는 다프네를 반드시 차지하고 말겠다는 일념으로 맹추격전을 펼친다. 펄럭이는 옷자락 사이로 희끗희끗 드러난 그녀의 살결이 그의 발걸음을 더욱 재촉했다. 다프네는 마치 발꿈치를 물어 대는 사냥개의 송곳니를 요리조리 피해 가는 한 마리의 토끼처럼 아폴로의 손아귀에서 아슬아슬하게 벗어났다. 제아무리 발 빠른 요정일지라도 눈앞에 놓인 사냥감을 잡으려고 전력 질주하는 아폴로를 제칠 수는 없었다. 그녀는 거칠게 내몰아 쉬는 아폴로의 뜨거운 숨결이 목덜미에 와닿자 등골이 오싹해졌다. 다리도 힘이 풀려 한 발자국도 더는 못 내디딜 것 같았다. 위기를 모면하려면 한 가지 방법밖에 없었다. 모든 문제의 원흉인 자신의 외모를 바꾸는 것이었다. 새하얗게 질린 다프네는 저 멀리 보이는 아버지 페네오스의 강물을 향해 "아버지, 저를 도와주세요! 사람들을 매료시키는 제 모습을 바꾸어 없애 주세요!"라고 외친다.

그녀의 기도가 아직 혀끝을 맴돌고 있을 때 다프네의 사지는 마비되어 그 자리에서 무겁게 가라앉았다. 부드러운 하얀 가슴은 거센 밤색 목피로 뒤덮였고, 바람에 휘날리던 머리카락과 두 팔은 나뭇잎과 가지로 변했다. 진이 빠진 두 다리는 뿌리로 변해 그대로 땅에 고정되었다. 아름다운 얼굴마저 나무껍질에 묻혀 자취를 감췄다. 오비디우스는 나무로 변한 다프네 안에 빛나는 아름다움만이 남았다고 서술한다. "빛나는 아름다움"으로 번역된 단어는 광채, 윤기, 우아함을 의미할 수 있다. 월계수의 윤택한 잎사귀를 가리키는 말일까? 혹은 다프네의 관능미가 월계수 안에 봉인되었다는 의미일까? 정확한 의미가 어찌 되었든 분명한 사실은 아폴로를 홀렸던 다프네의 외모가 전혀 다른 모습으로 변형되었다는 점이다. 월계수에서는 더는 요정의 아름다움을 찾아볼 수 없었다. 이제 다프네는 사내들의 시선에서 벗어나 영원히 처녀성을 지킬 수 있게 되었으니 그녀의 소원을 성취한 셈이다. 다프네는 요정으로서의 마지막 숨을 들이켜며 안도했을 것이다. 그러나 웬걸. 다프네의 몸이 나무로 변해 의식마저 잠식되어 갈 즈음 그녀는 일시적으로 정신이 번쩍 들었다. 아폴로가 나무로 변한 다프네를 끌어안고 강제로 입맞춤했던 것이다.

　베르니니^{Giovanni Lorenzo Bernini}의 「아폴로와 다프네^{Apollo and Daphne}」라는 유명한 조각상이 있다. 달아나는 다프네의 동적인 모습이 정적인 월계수로 변하는 순간을 잘 포착한 작품이다. 허리를 휘감은 아폴로의 손아귀에서 벗어나려고 몸을 비틀며 가쁜 숨을 몰아 내쉬는 다프네와, 월계수로 변신을 시작한 다프네의 모습을 흐리멍덩한 눈빛으로 바라보는 아폴로의 모습이 인상적이다. 그의 초점 잃은 눈빛이 암시하듯 아폴로의 계획은 수포로 돌아가고 만다. 그러나 아폴로와 다프네의 이야기가 아무런 결실도 없이 끝난 것은 아니었다. 월계수의 기원 신화는 아폴로의 뜻밖의 예언으로 종결된다.

　　"그대는 내 아내가 될 수 없으니 반드시 내 나무가 되리라. 월계수여, 내 머리카락과 내 키타라와 내 화살통은 언제나 그대로 치장되리라. 한 번도 자른 적 없는 내 머리카락이 영원히 무성하듯이, 그대 역시 늘 푸른 잎을 맺기를!"

　아폴로가 말을 마치자 월계수는 방금 싹 튼 가지를 흔들었고, 우듬지를 머리인 양 끄덕이는 것처럼 보였다.

아폴로의 악기였던 키타라와 그의 화살통은 아폴로를 상징하는 소지품이었다. 영원히 무성한 그의 머리카락도 아폴로를 상징했다. 비록 월계수를 아내로 맞이할 수는 없는 노릇이었지만, 아내 못지않게 늘 가까이 있었고, 최고의 영예가 주어졌다. 아폴로의 첫사랑은 다프네였다. 하지만 그녀가 그의 마지막 사랑은 아니었다. 아폴로는 이후에도 코로니스^{Coronis}, 키파리소스^{Cyparissus}, 히아킨토스^{Hyakinthos}, 키오네^{Chione}, 시빌라^{Sibylla} 등 여러 명과 사랑에 빠진다. 그러나 아폴로가 영원히 마음속에 품고 항상 곁에 두었던 것은 월계수로 변한 그의 첫사랑 다프네였다. 아폴로의 최고의 업적을 기리는 피티아 경기의 승자들도 아폴로와 함께 그의 첫사랑을 기념했다.

로마인의 시각에서 본
아폴로와 다프네 이야기

다프네의 관점에서 아폴로의 저돌적인 사랑은 공포 그 자체였다. 궁지에 몰린 그녀는 결국 자신의 외모를 포기한다. 젊은 여인에게 쉽지 않은 결정이었을 것이다. 다프네는 숲속을 누비는 자유마저 포기하고 '식물 인간'으로 변했지만, 끝끝내 아폴로의 손아귀에서 벗어나지 못하는 기구한 운명에 처했다. 집착에 가까운 아폴로의 사랑은 진정한 사랑일까? 사랑은 다양한 모습을 취할 수 있으므로 단정 짓기는 어렵다. 에로틱한 사랑도 죄악시할 수는 없다. 그러나 진정한 사랑이라면 상대방에 대한 최소한의 배려가 수반되어야 할 것이다. 때로는 사랑을 포기할 줄도 알아야 한다. 아폴로는 첫사랑의 미숙함 때문인지 자신을 절제하지 못하고 정념을 좇다가 결국 다프네를 잃고 만다.

다프네가 월계수로 변하자 아폴로의 에로틱한 사랑도 변했던 것으로 보인다. 그는 처음에는 다프네의 외모에 성적으로 매료되었다. 따라서 다프네의 외모가 변한다면 아폴로의 에로틱한 사랑도 식어 마땅하다. 다프네도 바로 이 사실을 노리고 변형을 선택했던 것이다. 월계수는 더는 아폴로의 에로틱한 사랑의 대상이 될 수 없다. 그러나 놀랍게도 다프네가 월계수로 변한 이후에도 아폴로는 그녀에게 집착하고, 월계수를 그의 아내에게나 허락될 법한 영광스러운 자리로 승격시킨다. 일시적이었던 아폴로의 정욕에 변화가 일어난 것이다. 비록 다프네를 두 번 죽인 처사라 비판할 수 있을지라도, 다프네를 향한 아폴로의 진실된 마음은 의심할 수 없다.

아폴로와 다프네의 이야기는 미숙한 첫사랑에 대한 교훈이나, 단순히 재미있는 일화로 읽힐 수 있다. 하지만 오비디우스

시대의 로마인들에게 아폴로에 대한 에피소드는 남다른 의미를 내포했다. 아폴로는 아우구스투스와 밀접하게 연관된 신이었다. 수에토니우스Gaius Suetonius Tranquillus라는 고대의 역사학자는 아우구스투스의 어머니인 아티아Attia가 아폴로의 신전에서 잠이 들었다가 아우구스투스를 임신한 채 깨어났다는 설화를 전한다. 아우구스투스의 신적 기원을 확립하기 위해 각색된 이야기일 것이다. 아폴로는 특히 기원전 31년의 악티움 해전에서 아우구스투스를 승리로 이끈 신으로 숭배되었다. 악티움 해전은 로마의 기나긴 내전을 종결시켰다. 그리고 로마가 공화정에서 제정으로 넘어가는 분기점이기도 했다. 악티움 해전을 기리기 위해 아우구스투스는 로마 중심에 있는 팔라티움 언덕에 아폴로의 신전을 봉헌했다. 아우구스투스의 정치 선전에 아폴로는 핵심적인 위치를 차지했던 것이다. 당시 프로페르티우스Sextus Propertius라는 시인은 피톤 신화의 아폴로와 악티움 해전의 아폴로를 연관 짓는 시를 지었다. 오비디우스는 여기서 한 발자국 더 나아가서 아폴로를 아우구스투스와 간접적으로 연결시킨다. 아폴로가 피톤을 쓰러뜨려 인류를 구원했듯이, 아우구스투스가 악티움 해전에서 승리하여 로마의 기나긴 내전을 종결짓고 평화를 가져다 주었다는 것이다. 그러나 교만해진 아폴로가 쿠피도를 멸시하는 우를 범했듯이, 아우구스투스도 큰 실수를 범했다. 그는 사랑의 힘을 간과했던 것이다.

악티움 전투에서 승리한 아우구스투스는 로마의 대대적인 개혁을 시도했다. 당시 로마는 지중해의 패권 국가로서 광활한 식민지로부터 어마어마한 부를 축적했다. 촌락에 불과했던 로마가 세계의 수도로 탈바꿈하면서 로마인들의 문화도 함께 변했다. 아테네의 철학, 알렉산드리아의 문학, 그리고 동방의 사치스러운 삶에 영향을 받은 로마인들은 차츰 선조들의 관습을 잊어버렸다. 로마의 전통적인 결혼관이 무너졌고 사랑을 대하는 시선도 바뀌었다. 통상적으로 로마의 소녀는 14살에 결혼해서 가정을 꾸리며 자녀를 낳아야 했다. 한 남편의 부인이 되고 자녀들의 어머니가 되는 것만이 로마 여성에게 허락된 삶이었다. 그러나 로마 공화정 말기에 로마의 대대적인 확장과 함께 부유해진 상류층에서 전통적인 결혼관에 큰 변화가 생겼다. 엄청난 부로 인해 부인의 지참금이 증폭했는데, 남편에게 지참금에 대한 권한을 넘기지 않게 되면서 여성은 경제적으로 독립했다. 이혼이 급증했고 출산율은 급락했다. 결혼과 육아와 같은 전통적인 여성의 역할이 붕괴하면서 독립적인 신여성상이 부상하게 된 것이다. 다프네는 혼기가 꽉 찬 당시 로마의 젊은 여성을 대변한다고 볼 수 있다. 그녀는 결혼에 관심이 없다. 전통적인 로마 여인의 의무를 거부하는 모습이다. 대신 수렵의 신인 디아나처럼 영원히 처녀로 남기를 소망한다. 오비디우스의 시대에 로마에서 성행했던 상류층 젊은 여성의 독립적인 모습과 일치한다. 허나 가부장적인 로마 사회가 완전히 전복된 것은 아니었다. 신화 속에서 강압적인 남성신은 요정의 자율과 독립을 위협하는데, 이는 당시 로마 사회의 갈등을 그대로 반영한 것이리라.

전통적인 결혼관의 붕괴는 전반적인 성적 타락으로 이어졌다. 결혼의 전통적인 가치가 상실되자 혼외정사와 간통이 흥행했다. 온갖 종류의 피임과 낙태가 이런 현상을 부추겼다. 당시의 성적 타락을 비판하고 도덕적 개혁을 주창한 사람들이 있었으니, 그 대표적인 인물이 아우구스투스였다. 고대 로마의 가치를 복원하려던 그의 원대한 개혁안에 결혼과 출산에 관한 안건도 포함되었다. 25살과 60세 사이의 남성과, 20세와 50세 사이의 여성에게 결혼은 의무화되었다. 이혼하거나 사별한 사람들의 재혼도 장려되었다. 38살이 되도록 결혼하지 않은 남성에게는 별도의 세금이 부과되었고, 3명 이상의 자녀를 낳은 부모에게는 금전적인 보상뿐만 아니라 사회 진출의 기회가 더 많이 열렸다. 이혼 절차는 까다로워졌고, 간통은 금지되었다. 아우구스투스의 딸 율리아도 간통 금지법에 저촉되어 추방당했다. 국가의 기강을 바로잡으려는 취지에 맞는 절차였다. 그러나 아우구스투스의 체계적인 개혁도 이미 자유로운 사랑을 맛본 로마 사회를 과거로 되돌리기에는 역부족이었다. 폼페이에서 발굴된 선정적인 그래피티나 건축물 잔해에서 미루어 볼 수 있듯이 에로티시즘은 이미 로마 문화에 깊이 침투했다. 아폴로와 다프네의 이야기는 전통적인 가치관을 복구하려는 아우구스투스의 개혁안에 대한 오비디우스의 불만을 함축한다. 악티움 전투를 통해 로마에 평화를 가져온 아우구스투스도 사적인 영역에 속한 사랑을 좌지우지할 수 없었다. 피톤을 쓰러뜨린 아폴로가 쿠피도의 화살에 무기력하게 무너졌듯이, 아우구스투스의 개혁안도 필연적으로 실패할 수밖에 없다는 것이다. 아우구스투스는 이성과 질서를 대변하는 아폴로를 앞세워 개혁을 시도했다. 이에 반해 연애 시인이었던 오비디우스는 사랑의 신 쿠피도를 내세운다. 『변신 이야기』가 완성된 기원후 8년에 오비디우스는 아우구스투스의 미움을 사 로마제국 변두리로 추방당한다. 그러나 결국 아우구스투스의 개혁은 실패로 돌아갔다. 질서정연한 세상 이면에는 이성으로 억제할 수 없는 욕망이 꿈틀거리고 있기 때문이다.

대홍수 이후 햇볕에 데워진 진흙에서 다양한 생명체들이 자연발생했다. 오비디우스는 만물이 습기와 온기, 불과 물에서 탄생하는 모습을 묘사한다.

습기와 온기가 적당히 결합하여 생명을 낳고, 여기서 만물이 비롯된다. 불과 물은 상극이지만, 눅눅한 온기는 만물을 낳고, 이 부조화의 조화가 생명을 탄생시킨다.

물과 불은 서로 상극이다. 마치 강물의 신의 딸 다프네와 태양의 신 아폴로가 상극이듯이. 그러나 상극인 불과 물이 조화를 이뤄 생명을 탄생시키듯이, 쿠피도의 사랑의 화살도 뜻밖의 커플을 엮어 주었다. 비록 그 사랑이 이뤄질 수 없는 절절한 첫사랑이나 피할 수 없는 속박으로 남을지라도, 그 안에는 다프네의 모습과 아폴로의 내면을 변화시키는 창조적 힘이 내재했다. 결국 연애 시인인 오비디우스의 세상을 동적이고 변화무쌍하게 만든 원동력은 만물을 정복하고 무릎 꿇리는 사랑이었다.

중세의 아름다운 스캔들

— 아벨라르와 엘로이즈의 영원한 사랑

임형권

이탈리아 인문주의자 페트라르카Francesco Petrarca는 그리스·로마 시대를 '빛의 시대'로 서양 중세기를 '암흑 시대'라고 규정했다. 중세에 대한 페트라르카의 이런 규정은 인간사 전체를 그리스도교의 신을 중심으로 설명하고 이해하는 중세 그리스도교적 인생관이 점점 낡은 관점이 되어가고 있음을 단적으로 시사해 주었다. 중세를 그저 어두운 시대로 이해하는 관점은 우리 시대의 교양 있는 사람들이 여전히 중세에 대해서 가지고 있는 일반적인 인상이다. 물론 최근 학계에서는 중세를 인간성이 황폐해진 어둡고 침침한 시대로 이해하는 것에 대한 반론도 적지 않다. 하지만 이 글은 학문적 논쟁을 다루는 것을 목적으로 삼고 있지 않기 때문에 그런 논의는 이 글에서 다루지 않겠다. 이 글에서는 서양 중세를 떠들썩하게 한 유명한 사랑 이야기를 한 편 소개함으로써, 중세 사회와 그 시대를 살아갔던 사람들의 한 단면을 보여 주고자 한다. 중세와 관련하여 분명한 점은 적어도 사랑 문제에 있어서 중세인들도 고대나 근현대 못지않게 순수하고, 진정성 있는 열정을 갖고 있었다는 사실이다. 그 대표적인 하나의 예로 아벨라르^{Pierre Abélard}와 엘로이즈^{Héloise}의 비극적이지만 아름다운 사랑의 이야기를 소개하고자 한다.

파리의 잘생긴 뇌섹남 아벨라르

역사 시간에 프랑스 개신교도들의 신앙의 자유를 선포하는 내용의 낭트 칙령(1598)을 프랑스 왕 앙리 4세가 공포했다는 이야기를 들어 본 적이 있을 것이다. 프랑스 북서부에 있는 이 낭트에서 약 20km 동쪽에 있는 팔레라는 곳에 기사의 큰아들이 있었다. 아버지는 기사였지만 인문 교양에 지대한 관심을 가졌고, 자녀들에게도 교양 교육을 시켰다. 이 아들은 군인의 아들답게 아버지로부터 단단한 체구도 물려받았지만 장남의 권리를 내놓고 군인의 길보다는 학자의 길을 선택했다. 바로 이 사람이 중세기를 떠들썩하게 한 연애 사건의 주인공 아벨라르(1079-1142)이다. 뛰어난 외모에 학문에도 남다른 재능을 보였으니 아벨라르는 자신에 대한 자부심이 컸던 것 같다. 게다가 그는 여성들에게 자신이 꽤 매력적인 인물이었다고 그의 자서전적 글에서 회고한다. 그뿐만 아니라 논쟁에서도 자신의 스승들조차 이길 수 있다고 자신했고, 그것은 사실이었다. 그는 친구에게 자신의 지적 능력을 일종의 무기로써 생각한다고 쓰고 있다. "나는 철학의 모든 분야를 사랑했으며, 변증법과 그 변증법의 무기를 사랑했던 것이네. 그래서 나는 논리의 무기로써 겨루며 공개 토론장에서 논쟁함으로써 트로피를 획득해 오는 것을 좋아했네"(아벨라르·엘로이즈, 『아벨라르와 엘로이즈』, 정봉구 옮김 [서울: 을유문화사, 2015], 18, 이하 페이지만 표기) 우리와 같은 보통 사람의 눈에는 그가 오만방자했을 것으로 생각하기 쉽다. 하지만 사람의 외적인 모습이나 태도만을 가지고서 그 사람 전부를 판단하는 것도 조심해야 할 것 같다. 그의 성격에 대한 묘사는 그를 적대시한 자들이 덧씌운 이미지에 영향을 받았기 때문이다.

사실 그는 여성들과 사랑 놀이를 즐기는 난봉꾼이나 호색한 이라기보다는 매우 금욕적인 수도사에 가까운 사람이었다. 당시 타락한 성직자들은 직업여성들에게 찾아가는 경우가 흔했

청소년 고전 수업

는데 아벨라르는 그런 생활을 혐오했다. 그는 그저 학문이 좋아서 이삼십 대를 책 속에서 보낸 사람이었음이 확실하다. 그는 엘로이즈를 만나기 전에는 여성에게 관심을 가질만한 여유가 없었다. 연구와 강의만의 그의 삶의 전부였기 때문이다. 아벨라르는 자신의 학문에 대한 자부심이 분명 대단했던 것 같다.

그는 당대 최고 석학이자 유력자였던 기욤의 문하에서 공부했다. 기욤은 전통적인 학문을 고수하는 사람이었다. 그런데 기욤의 강의를 들으면서 아베라르는 점차 스승의 입장에 동의하기 어려웠는데, 이는 그가 당대 이슬람에서 유럽으로 유입된 신진 사상인 아리스토텔레스의 철학에 영향을 받았기 때문이다. 그는 학문 중에서 고대 철학자 아리스토텔레스의 논리학에 정통했다. 자연법칙을 연구하는 학문이 물리학이라면, 인간의 사고의 법칙을 연구하는 학문이 바로 논리학이다. 논리에 정통하면 상대방을 말로 압도할 수 있었다. 그런데 논리에 정통한 아벨라르의 능력은 오히려 그의 삶에 부정적인 요소가 되었다. 젊은이들은 육체적인 힘을 제어하지 못해 잘못된 행동을 하는 경우들이 있는데, 아벨라르는 지성의 힘을 제어하지 못한 듯하다. 그는 말의 논리를 통해 그 대상이 누구든지 간에 자기 생각을 관철하려고 했기 때문이다. 그에게 상대방의 입장을 고려하는 약간의 여유만 있었더라도 장차 큰 화를 당하지 않았을지 모른다. 아벨라르를 조금 변호해 준다면, 그는 단순히 상대방을 지적으로 이기려고 했다기보다는 진리에 대한 사랑이 지나쳤다고 할까. 그는 알아도 모른 척하는 미덕을 배우지는 못한 것 같다. 뛰어난 논변과 참신한 사상으로 아벨라르는 파리에서 유명한 인사가 되었다. 그는 최근 불이 났던 파리의 노트르담 대성당 부속 학교의 교장이 되었다. 학원가의 일타 강사에서 명문대 교수가 된 것에 비유하면 좋을지 모르겠다.

아벨라르는 파리에서 여성들에게 인기 많은 남자로, 교육 시장에서는 일류 강사로 명성을 날리게 되었다. 그러던 중 자신의 눈에 들어온 한 소녀가 있었다. 아름다운 소녀였지만, 그녀의 아름다움은 값싼 아름다움이 아니었다. 영혼 깊은 곳으로부터 나오는 아름다움이었다. 아벨라르도 사람인지라 사랑 앞에서는 자신의 뛰어난 논리력도 의미가 없어졌다. 그는 마음이 가는 대로 행동했다. 엘로이즈에게 다가가기 위해서 엘로이즈가 머물던 집에 하숙인으로 들어가려고 계획을 짠 것이다. 이 집은 노트르담 성당의 참사원이자 엘로이즈의 삼촌인 풀베르투스Fulbertus의 집이었다. 아벨라르는 그에게 하숙을 제안하고, 가정교사로서 역할도 하게 된다. 하지만 이미 그는 가정교사보다는 구애자로서 그 집에 머물려는 마음을 품고 있었다. 엘로이즈에게 구애하는 것에 아벨라르는 자신감이 있었던 것 같다. 그는 친구에게 다음과 같이 자신의 자신감을 표현했다.

> 나는 그녀가 남자들의 마음을 끌 만한 모든 매력을 지닌 것을 보고는, 그녀와의 사랑을 생각하게 된 것이네. 그리고 나는 그 일이 아주 쉬울 것으로 생각했네. 당시 나는 명성을 떨쳤으며, 또한 젊음과 풍채도 남에게 떨어지지 않았기 때문에, 설령 어떠한 여자를 사랑한다고 할지라도 거절당할 염려는 없을 것으로 믿었던 것이네. 더욱이 이 처녀는 교육을 받은 데다가 학문을 애호하고 있었기 때문에, 더 가까이 나를 따르리라 생각했던 것이네.(30)

아벨라르가 굉장히 자신에게 엄격하다는 평판이 있었고, 나이 차이가 20년이나 되는 여조카와 사이에서 연애 감정이 생기리라고는 풀베르투스가 상상하기 어려웠을 것이다. 게다가 왕비가 될 만한 조카를 가정교사가 연애의 대상으로 본다는 것도 생각하기 어려웠다. 하지만 인간사는 한 치 앞도 알 수 없는 법이다.

엘로이즈는 일찍 부모를 여의었기 때문에 삼촌 집에 머물렀던 것이고, 수녀원 학교에서도 상당한 교육을 받았다. 그녀는 로마 문학을 잘 알고 있었으며, 어학에 재능이 있어서 그리스어, 라틴어, 히브리어까지 알고 있었다. 당대 최고의 지식인이었던 아벨라르가 얼굴만 예쁘다고 사랑에 빠지지는 않았을 것이다. 자신과 지적인 대화를 할 수 있는 여성에게 끌렸을 것이다. 전문 연구자들에 따르면, 사실 엘로이즈는 외모가 출중하지는 않았다고 한다. 그녀는 아벨라르와 지적 교제를 할 수 있는 상대였던 것이다. 엘로이즈는 아벨라르의 음악적 재능에 매력을 느꼈다고 한다. 실제로 아벨라르는 유행가를 지을 정도로 시적, 음악적 재능도 타고났다. 아름다운 사랑의 시를 지어 노래를 만들어 불러 주는 잘생긴 남자를 싫어할 여성은 없을 것이다.

잘생기고 똑똑한 것 때문에 추락한 사람

아벨라르는 기대했던 대로 엘로이즈의 마음을 얻었으며 사제 사이는 연인 사이로 발전한다. 하지만 사랑의 달콤함도 한순간, 두 사람 사이에 상상도 하지 못할 일이 닥치게 된다. 수업 시간을 사랑 놀이로 보냈던 두 사람 사이에는 자연스레 아이가 생겼다. 아이의 이름은 역시 당대 최고의 두 지성인답게 '아스트롤라베'라고 지었다. 이는 이슬람 세계에서 온 천체 관측 도구로서, 중세기에 오늘날의 내비게이션 역할을 했다. 오늘날의 표현으로 바꾸면 아들의 이름을 '슈퍼컴'이라고 지은 것이다. 하지만 그들의 지성도 사랑도 그들의 불행을 막아 주지 못했다. 도덕적 관념이 강했던 중세 그리스도교 사회에서 둘의 행동은 추문이 될 수 있었기 때문에, 아벨라르는 그녀를 자신의 고향 브르타뉴로 보내 가족들의 돌봄을 받게 했다. 그리고 그는 파리로 가서 비밀 결혼을 풀베르투스에게 제안한다. 공식적인 결혼 관계는 종교인으로서 출세를 꿈꾸는 아벨라르에게 절대 이롭지 않았기 때문이다. 엘로이즈 입장에서는 사랑하는 이의 출세를 막고 싶지는 않아서 극구 결혼을 반대했지만, 둘은 파리에서 비밀 결혼식을 치른다.

그런데 문제는 삼촌 풀베르투스가 일으킨다. 정확한 이유는 말하기 어렵지만 그는 둘 사이의 관계를 떠들고 다니기 시작한다. 엘로이즈와 삼촌 사이의 관계는 틀어졌고, 급하게 아벨라르는 엘로이즈를 그녀가 교육받았었던 아르장퇴이유 수녀원으로 보낸다. 그녀는 신에게 헌신하기 위해서 수녀원에 간 것이 아니라 사랑하는 자 때문에 그곳에 들어간 것이다. 그런데 풀베르투스는 아벨라르가 출세를 위해서 조카를 수도원에

버려둔 것이라 생각했던지, 아니면 조카와 아벨라르가 일으킨 추문 때문에 자신의 출셋길이 막혀 버렸다고 생각해서인지 정확하게 알기는 어렵지만, 그는 아벨라르에게 복수하고 만다. 풀베르투스가 하수인들을 시켜서 아벨라르의 침실에 들어가 그를 묶어 놓고 강제로 거세시킨 것이다.

아벨라르는 이제 그리스도교 사회에서 출세하고 싶은 꿈 그리고 남성으로서 자존심도 완전히 잃고 말았다. 그래도 평생 지식과 진리를 사랑해 온 사람이었으니 상황이 어찌 되었든지 자신이 돌아갈 자리는 알고 있었다. 그는 파리 근교의 생 드니 수도원의 수사가 되었고, 정식으로 사제 서품도 받았다. 엄청난 일을 당했지만 그렇다고 그의 지성이 무디어진 것은 아니었다. 오히려 이제 그에게 온전히 학문에 자신을 바칠 수 있는 때가 온 것이다.

앞서 말한 것처럼 그는 여자 꽁무니를 따라다니는 남자가 아니었다. 오히려 높은 도덕적 이상을 가진 인물로서 수도원의 부패를 개혁하려고 하다가 독살을 당할 위기를 겪기도 했다. 그는 위로라는 뜻의 파라클레라는 수도원을 개척하기도 했는데, 나중에 엘로이즈가 머물던 수녀원이 위기에 처하자 엘로이즈를 비롯한 다른 수녀들을 자신의 수도원에 받아들였고, 그들에게 수도원을 양도한다. 이제 파라클레 수녀원이 생겨난 것이다. 엘로이즈는 탁월한 능력을 발휘해서 이 수녀원을 당대 유명 수도원으로 이끌었다. 아벨라르가 엘로이즈에게 도움을 준 계기로 10년 만에 둘은 다시 연결되었다. 하지만 상황은 달라졌다. 수녀와 수사 사이의 사랑은 현실적으로 불가능한 것이었다. 이제 아벨라르는 젊은 시절의 헛된 지적 자만심에서 벗어났을 것이다. 유일하게 사랑했던 여인과도 더는 육체적 사랑을 나눌 수 없게 되었다. 하지만 이 시기 그는 학문적 역작들을 내놓았지만 그의 이론들은 당대의 종교계에서 비판의 대상이 되었다. 상황이 이러하니 둘 사이의 직접적 만남은 더욱 어려웠다. 그러던 중에 아벨라르의 건강도 점점 나빠졌으며 결국 1142년 60세가 조금 넘어 사망하게 된다.

편지로 사랑을 이어 나갔던
두 연인

아벨라르처럼 엘로이즈도 정식 수녀가 되었다. 그녀가 수녀가 된 것은 아벨라르에 대한 사랑이 단지 육체적 욕정에 불과한 것이 아니었음을 보여 주기 위함이었을지 모른다. 상상하기 어려운 큰 사건이 있은 후에 아벨라르는 수도원에서 지내며 「내 재앙의 이야기」라는 자서전적인 편지를 익명

의 수도사를 수신인으로 하여 썼는데, 이 글이 당대에 유명해
졌다고 한다. 바로 이 글을 엘로이즈가 읽게 되었고 아마도 아
벨라르가 당한 사건의 전모를 알게 되었을 것이다. 이 글을 읽
고 엘로이즈는 아벨라르에게 다음과 같이 편지를 쓴다.

> 나의 사랑하는 분이시여, 당신이 친구분에게 그를 위로하기 위
> 하여 보내신 편지가 최근 우연하게도 나에게 입수되었습니다.
> 겉봉의 필적을 보자마자 나는 그것이 당신의 편지라는 것을 알
> 았습니다. 그리고 나는 그 편지를 쓰신 당신께 바치는 애정이
> 나 마찬가지 열정을 가지고서 그 편지를 읽기 시작하였던 것
> 입니다. 설혹 내가 그 편지를 쓰신 당신을 잃었다손 치더라도,
> 적으나마 나는 편지 쓰신 그분, 당신의 말씀으로 당신의 모습
> 을 내 안에서 되찾을 것입니다. 그 편지는 거의 전부가 나에게
> 쓰디쓴 과거를 회상케 하여, 내게는 고통스러운 것이었습니다.
> 그 편지는 우리들의 전향에 관한 애처로운 사연이었으며, 또한
> 끊임없는 당신의 불행에 대한 이야기였으니까요. 오, 나의 단
> 하나뿐이신 임이여.(91-92)

엘로이즈는 짧은 시간 동안 젊음의 불타는 사랑의 열정이
이런 비극을 초래했다는 사실에 경악했을 것이다. 하지만 이
제 그녀도 아벨라르도 인생을 더욱 성숙한 견지에서 볼 수 있

청소년 고전 수업

게 되었다. 더는 잃을 것 없는 두 사람이었지만 둘 사이의 사랑은 더욱 깊어졌는데, 바로 서신 교환을 통해서다. 둘 사이에 오고 간 주옥같은 사랑의 편지들은 이후 문학가들에게 큰 영감을 주었다. 18세기 작가인 장 자크 루소^{Jean Jacques Rouseau}는 둘 사이의 이야기에서 영감을 받아 『신^新 엘로이즈^{Nouvelle Héloïse}』라는 작품을 쓰기도 했으니 말이다.

둘 사이의 사랑 이야기를 처음 들을 때는 지적으로 오만한 남자와 철없는 소녀 사이의 사랑 놀음이 결국 비극을 낳았다고 생각하기 쉽다. 어쨌든 그들은 중세 사회가 정한 사회규범을 어긴 것이 사실이다. 하지만 아벨라르와 엘로이즈의 사랑을 단순히 젊은이들의 치기 어린 실수로 여겨서는 안 되는 측면들이 있다. 아벨라르는 자신의 이상적인 연인을 만나게 되었고 그녀에 대한 사랑은 진정성이 있었다. 만일 일회성 만족을 좇는 사람이었다면 그녀와 비밀 결혼도 올리지 않았을 것이다. 결혼한다는 것이 곧 출세에 큰 장애물이 될 수 있는 위험 요소가 될 수 있었기 때문이다. 그리고 남성성을 잃어버리게 된 이후에도 그녀가 원장으로 있는 수녀원 공동체를 위해 자신이 개척한 수도원을 양도해 주는 따뜻한 마음을 표현했다.

신에 대한 정신적 사랑을 이상적으로 생각한 중세 수도원

문화에서 둘 사이의 사랑은 매우 속된 행위라고 볼 수도 있다. 둘이 나눈 편지를 보면 둘 사이의 육체적 사랑이 노골적으로 묘사된 대목들이 있는데, 정신적인 사랑을 이상적으로 생각하는 분위기에서는 이런 내용이 속되고 경박하게 보일 것이다. 우리 식으로 말해 그들의 이야기는 남녀상열지사를 다루는 것이었기 때문이다.

하지만 우리 시대의 관점에서 볼 때는 그들의 도발적 행동과 표현이 그다지 어색하지 않다. 정신적인 사랑과 육체적인 사랑 사이에 우열을 가릴 필요는 없을 것이다. 시대와 상황에 따라서 판단 기준은 달라질 수 있기 때문이다. 하지만 분명한 사실은 아벨라르와 엘로이즈 사이에는 육체적 사랑과 정신적 사랑이 뗄 수 없이 결합되어 나타나고 있다는 점이다. 둘 사이의 균형 때문에 둘의 사랑 이야기를 읽는 독자들은 속된 사랑의 이야기를 그저 천박하다고 평가하지 않게 된다. 그들의 사랑은 근대적이면서도 전통적이었다고 말할 수 있다. 또한 결혼에 대한 엘로이즈의 태도도 진보적이었다. 그녀는 결혼 제도 자체에 대해서 부정적인 언급을 한다. 인간 사회에서 제도라는 것도 필요한 것이 사실이다. 제도가 없으면 혼란 상태에 빠지기 때문이다. 하지만 분명 제도는 인간을 억압하는 측면이 있다. 인간 자체가 소중한 존재인데, 오히려 제도를 위해서 인간을 희생시킬 수 있기 때문이다. 가령 학교라는 제도는 필수적이고 좋은 것이다. 하지만 학교는 학생들의 개성을 억압하고, 획일화시키며 제도가 요구하는 기준으로 학생들을 차별할 수 있다.

두 연인은 중세 사회라는 제도 속에서는 비난의 대상이 될수 있을 것이다. 하지만 둘의 숭고한 사랑 이야기를 들으면 제도나 규범을 먼저 이야기하기는 어려울 것이다. 제도는 인간들을 위선적으로 만들지만 적어도 그들은 서로에게 진실했기때문이다. 사실 결혼 제도는 당시나 지금이나 이익의 거래 수단이 되는 경우가 허다하다. 돈과 권력을 얻기 위해서 배우자를 찾는 사람들이 얼마나 많은가! 이에 비해 결혼 제도에는 역행했지만, 엘로이즈는 아벨라르 그 사람 자신만을 사랑한 것이지, 다른 외적인 조건을 바란 것이 아니었다. 만약 그랬다면남성성을 잃은 무일푼의 수도자와 사랑을 지속하기 어려웠을것이다. 엘로이즈는 아벨라르에 대한 진정성 있는 사랑을 다음과 같이 표현한다.

내가 아직도 당신께 관하여 당신 이외의 다른 아무것도 구하고 있지 않다는 사실은 하느님만이 아십니다. 내가 원한 것은오로지 당신뿐이었으며, 그 어떤 당신의 재물이 아니었습니다.

나는 결혼 후의 어떠한 재물도 생각지 않았으며, 내 기쁨이나 내 소망 따위는 생각조차 없었습니다. 생각이라곤 당신을 위한 생각 그것뿐이었으며, 당신께서도 잘 아시다시피, 나는 당신께 바치고자 하는 마음 그것뿐이었습니다. 아내라는 칭호가 더욱 신성하고 더욱 건전하게 판단되겠지만, 나에게는 언제고 애인 이란 명칭이 더욱 감미로웠던 것입니다. 당신께서만 그것을 괴이쩍게 여기지 않으신다면 첩이라는 명칭이고 창부라는 명칭이고 다 상관없었던 것입니다. 당신을 위하여 나 자신을 낮춤으로써 그만큼 더 당신의 총애를 차지할 것이며, 당신의 영예로운 명망을 손상시키는 일 또한 덜하게 되리라 생각했던 것입니다.(99)

아벨라르의 사망 소식을 들은 엘로이즈는 아벨라르의 평소 소망대로 그의 시체를 수녀원에 묻었고, 20년 뒤 엘로이즈도 죽자 둘은 합장되었다. 거짓이겠지만, 엘로이즈가 합장되자 아벨라르가 손을 벌려 환영했다는 전설이 전해진다. 그들은 짧은 육체적 결합 이후에 더 성숙한 정신적 사랑으로 엮어져서 죽어서야 다시 만나게 되었다. 그들은 죽어서도 평탄치 못하였다. 추문을 일으킨 두 남녀의 무덤, 게다가 기성 제도 교회에서 문제가 될 만한 사상을 내세운 학자의 무덤을 묘지에 받아들이기 힘들었을 것이다. 여섯 차례나 무덤은 옮겨졌고,

프랑스 혁명 이후에야 둘은 파리 동쪽 페르 라 세즈에 안치되었고 오늘날에 이르고 있다.

나가며

아벨라르와 엘로이즈 사이의 비극적이지만 아름다운 사랑의 이야기를 통해서 우리는 사랑하는 사람들이 갖추어야 할 기본적인 덕목이 사랑의 진정성임을 배우게 된다. 모든 사람은 이성의 외모, 학력, 재산, 재능에 끌리기 마련이다. 이 사실 자체를 부정적으로 볼 필요는 없다. 하지만 외모가 일그러지고, 학력이 힘을 발휘하지 못하고, 재산을 잃고, 재능이 빛을 바랬다고 해도 상대를 사랑할 수 있는지 스스로 물어볼 수 있을 것이다. 엘로이즈는 다른 무엇 때문이 아니라, 아벨라르 그 사람만을 사랑하였다. 결혼을 한낱 거래로 생각하는 사람들이 법적, 형식적 관계가 결혼 관계를 성립시키는 것이라고 착각하고 살지만, 엘로이즈와 아벨라르는 진정 사랑하는 이들 사이에 견지해야 할 진정성, 진실성이라는 덕목을 몸소 가르쳐 주고 있다.

천국과 지옥에서 꽃피운 사랑

─ 단테와 베아트리체 그리고 파올로와 프란체스카

임형권

들어가며

문학에 관심이 없는 학생들도 단테[Dante Alighieri]라는 사람과 『신곡[神曲, The Divine Comedy]』이라는 작품에 대해서 들어 본 적이 있을 것이다. 단테(1265년경~1321)는 이탈리아 피렌체의 귀족 가문 출신의 시인이자 철학자였다. 그는 여러 학문에도 뛰어났을 뿐만 아니라 행정적인 능력도 탁월해서 피렌체시의 높은 지위에까지 오른 인물이었다. 당시 이탈리아 정계는 교황을 지지하는 겔프파와 황제를 지지하는 기벨린파로 나뉘어 싸우고 있었다. 겔프파와 기벨린파 사이의 권력 투쟁에서 겔프파가 승리하였는데, 단테는 바로 겔프파에 속해 있었다. 그런데 겔프파는 흑당파와 백당파로 분열되어 싸우는 형세였다. 흑당파는 교황 보니파키우스 8세의 편을 들었지만, 백당파는 피렌체에 교황의 영향력이 미치는 것에 반대하였다. 결국 흑당파가 권력을 쥐게 되었고 백당파에 속해 있던 단테는 정적들에 의해서 탄압을 받게 된다. 그는 재산을 몰수당했을 뿐만 아니라 화형 선고까지 받게 된다. 다행히 화형은 피했지만 망명자 신세가 되어 끝내 피렌체로 돌아오지 못하고 사망한다. 인생의 희비를 다 맛본 단테, 그는 문학을 통해서 자신의 억울함을 토로하려 했는지 모른다. 그의 『신곡』에는 그와 정치적으로 적대했던 자들, 가령 교황 보니파키우스 8세와 같은 자들이 지옥에서 고통을 받는 것으로 등장하는데, 문학적 상상의 세계에서 복수한 셈이다. 그도 나약한 인간이니 복수심을 가졌다고 그의 문학적 위대함을 깎아내리지는 말자. 동기가 어떻든지 간에 그가 쓴 『신곡』이라는 작품은 인류 문화사에서 셰익스피어나 괴테Johann Wolfgang von Goethe의 작품들처럼 불후의 작품으로 평가를 받고 있다.

지옥편, 연옥편, 천국편으로 구성된 『신곡』은 전형적인 서양 중세 그리스도교적 인생관과 세계관을 반영하고 있다. 그런데 특정 종교를 배경으로 하는 이 작품이 종교인, 비종교인

막론하고 계속해서 사랑을 받는 이유는 무엇일까? 여러 가지가 있겠지만 단테의 『신곡』이 가진 보편성을 들 수 있다. 이 작품은 인간의 가장 근본적인 문제들, 가령, 죽음, 운명, 사랑, 내세, 사후 심판과 같은 인간이라면 누구나 인생에 한 번쯤 궁금해할 만한 주제들을 다루고 있다.

　단테는 단순히 그리스도교적 언어로 이러한 보편성을 표현한 것이 아니라, 그리스도교 세계의 언어와 비그리스도교 세계의 언어를 융합시킴을 통해서 보편성을 달성한다. 구체적으로 말해서, 이 작품에는 그리스도교 문화와 그리스·로마 문화가 융합되어 있다. 복잡한 이야기는 제쳐 두고 간단히 사례를 하나 들면, 지옥-연옥-천국으로 향하는 단테의 순례에 스승으로 동행한 자는 바로 로마 건국 서사시인 『아이네이스Aeneis』의 저자 베르길리우스이다. 그리스도교 입장에서 이교도 문학가인 베르길리우스를 단테의 인도자로 삼은 것은 단테가 그리스도 문화와 그리스·로마 문화의 융합을 꾀했음을 보여 준다. 어쩌면 단테가 꿈꾸는 세상은 여러 문화가 조화를 이루며 상호 대화하면서 화합하는 사회였는지 모른다.

　『신곡』은 거대한 건축물과 같은 책이다. 실제로 책의 내용도 지옥-연옥-천국이라는 건축학적 구조로 되어 있다. 이 우주적인 건물은 땅 깊은 곳 지옥에서 시작하여 높은 하늘의 천국까지 이어져 있다. 숲을 보아야 나무를 알 수 있고, 나무를 알아야 숲의 진상을 볼 수 있는 것처럼 작품에 나오는 수많은 에피소드는 작품 전체의 구조를 통해서 이해하는 것이 자연스럽다. 이 글에서는 작품 속에 나오는 여러 나무 중에서 하나를 선택하여 그것을 숲 전체에 비추어서 이야기해 보려고 한다. 그 나무는 바로 사랑이라는 나무이다. 물론 그리스도교적 배경을 지닌 작품이기 때문에 작품이 사랑에 관한 이야기라는 것은 설명이 필요 없다. 하지만 사랑에도 여러 차원이 있으므로 사랑의 여러 층위를 곱씹어 보고 작품 전체적인 맥락에서 이해해 보는 것은 의미 있는 일이다.

지금부터 『신곡』에 나오는 상당히 성격이 다른 두 가지 다른 사랑을 제시하고 비교해 보려고 한다. 하나는 바로 단테와 베아트리체 사이의 사랑이다. 사실 현세에서는 단테가 베아트리체를 짝사랑한 것에 불과했으니, 둘 사이의 사랑이라는 말이 부적절하겠지만, 내세에서 베아트리체는 단테를 따뜻하게 위로하고 환대하는 존재로 등장한다. 따라서 둘 사이의 사랑이라는 표현이 틀린 것은 아니다. 다른 하나는 파올로와 프란체스카 사이의 사랑이다. 이 둘은 형수와 시동생 관계인데 불륜을 저질렀다. 도덕적, 법적 측면에서는 용납될 수 없는 사랑이지만 단테는 이들에게 무한한 연민을 보여 준다. 두 커플의 사랑을 성스러운 사랑 대 속된 사랑으로 이원화시켜 이해한다면 단테를 잘못 읽는 것일 수 있다. 이 글에서는 두 커플의 사랑이 먼 것 같지만 사실은 그렇게 멀지 않다는 것을 보여 주려 한다.

천국에서 꽃피운 사랑

지옥에서 천국에 이르는 단테의 여행은 사랑을 찾아가는 여행이다. 이를 이해하기 위해서는 단테의 개인사를 알 필요가 있다. 그는 9세 때 베아트리체의 집에서 그녀를 처음 만났다. 그리고 19세 때에 피렌체의 산타 트리니타 다리에서 그녀와 다시 만났다. 단 두 번의 만남이었지만 단테는 베아트리체에게 연정을 품게 된다. 단 두 번 보았다고 사랑에 빠질 수 있느냐고 묻겠지만, 오랫동안 같이 있어도 이성적 감정이 생기지 않는 사람이 있는가 하면, 첫눈에 반하는 경우로 허다하므로 단테의 베아트리체에 대한 사랑을 지나가는 열정 정도로 생각해서는 안 될 것이다. 단테는 19세 때 베아트리체를 보고 잠이 들었는데 꿈에서 사랑의 화신化身을 보았고, 꿈에서 사랑에 사로잡힌 자신의 상태를 시로 표현한다.

사랑은 내게, 그의 손에 나의 심장을 쥔 채,/ 즐겁게 보였고, 그의 팔에는, 옷에 감싸인 채,/ 잠들어 있는 나의 숙녀를 안고 있었도다./ 그때 그는 그녀를 깨웠고, 그 불타는 심장의 일부를/ 두려움 속에서 그녀는 겸허히 먹었도다./ 조금 지나 나는 그가 눈물을 흘리며 떠나는 것을 보았다.

- 단테, 『새로운 삶La Vita Nuova』, 염승섭 역[서울: 부북스, 2019], 22

단테는 꿈속에서 미래를 보았던 것일까? 실제로 베아트리체와의 사랑은 이루어지지 않았다. 단테의 소심함 때문인지, 아니면 당대의 경직된 문화적 장벽 때문이었는지 모르겠지만 둘 사이의 사랑은 사실상 단테의 상상과 바람 속에서만 이루어졌다. 단테, 베아트리체 모두 각자 결혼해서 가정을 이루었다. 지금도 그런 경우들을 적지 않게 볼 수 있는데 당시에 결혼은 사랑이 아니라 집안 사이의 거래 수단이 되는 경우가 많았다. 결혼 후에도 여전히 단테의 마음속에는 베아트리체가 있었던 것 같다. 그런데 운명은 가혹하게도 베아트리체가 20대 초반 젊은 나이에 세상을 뜨게 했다. 단테의 상상 속의 연인은 정말 상상의 연인이 되었다. 단테는 슬픔을 이기려고 했던 것일까? 그는 사랑이 아닌 다른 곳에 열정을 쏟는다. 바로 피렌체의 정치에 투신한 것이다. 그리고 타고난 재능과 성실성 덕에 그는 출셋길에 오르게 된다. 하지만 정쟁의 와중에서 단테는 명성과 권력을 잃어버렸고, 이제 초라한 망명객의 신세가 되었다. 삶의 방향성을 잃어버린 단테의 모습은 『신곡』의 서두에 다음과 같이 묘사된다.

> 인생의 중반기에/ 올바른 길을 벗어난 내가/ 눈을 떴을 때는 컴컴한 숲속이었다. / 그 가혹하고도 황량한, 준엄한 숲이/ 어 떠했는지는 입에 담는 것조차도 괴롭고/ 생각만 해도 몸서리 쳐진다.
>
> - 단테, 『신곡』, 허인 역[서울: 동서문화사, 2013], 10, 이하 페이지만 기록

어디로 가야 할지 모르는 상황에서 그는 컴컴한 숲속에 있는 자신을 발견한다. 여기서 그는 베르길리우스를 만나게 되고, 지옥과 연옥을 거쳐 천국으로 인도받는다. 베르길리우스는 단테의 인도자가 된 연유를 다음과 같이 말한다.

> 나는 천당도 아니고 지옥도 아닌 곳에 있었는데,/ 고귀하고 아름다운 여인이 나를 부르기에 그 분부를 받고 나아갔다./ 그분은 별보다도 밝은 두 눈과/ 천사 같은 목소리로/ 상쾌하고 여유 있게 나에게 말했다./ '오 만토바의 친절한 분이여,/ 당신의 이름은 지금도 세상에 알려지고 있습니다./ 이 세상이 이어지는 한 오래오래 전해지리라 믿습니다./ 내 친구로서 운이 없는

사람이/ 인적이 없는 적막한 산비탈에서 길이 막혀 고생하다
가/ 두려운 나머지 오던 길로 도로 돌아가려 하고 있습니다./
내가 천상에서 들은 바로는/ 이미 길을 잃고 헤매고 있는 듯하
니/ 그를 구하러 달려온 것이 너무 늦지 않았나 염려됩니다./
자, 어서 당신의 웅변으로 설득해서/ 구할 수 있다면 어떻게든
지 살려 주어/ 나를 기쁘게/해 주소서./ 당신에게 심부름을 청
하는 나는 베아트리체입니다./ 곧 돌아가야 하지만 하늘에서
내려왔습니다.'(23)

현세에서 베아트리체에 대한 단테의 사랑은 실현되지 못했
지만, 하늘에서 베아트리체는 단테에게 사랑의 화신으로 등
장한다. 위기에 처한 단테를 하늘에서 지켜보고 베르길리우
스를 통해 그를 돕고자 한 것이다. 베르길리우스는 지옥을 지
나 연옥까지 단테를 인도한다. 하지만 베르길리우스는 그리스
도교의 교리상 세례를 받지 않았기 때문에 천국에 갈 수 없다.
천국에서 단테를 기다리고 있는 이는 바로 베아트리체이다.
천국에서 둘은 현세에서 이루지 못한 사랑을 나눈다.

주의 왕국을 동경하는/ 타고난 우리들의 영원한 갈망이 우리
를 싣고 갔는데,/ 그 움직임은 너희들이 보는 하늘의 움직임처
럼 날쌨다./ 베아트리체는 하늘을, 나는 그녀를 찬찬히 바라보

있다./ 그리고 아마 화살이 과녁을 쏘고, 날고, 시위를 떠나는 것과/ 같은 사이에 나는 눈이 굉장한 것 속으로 빨려 드는 곳에 벌써 당도하고 있었다. 나의 감정은 베아트리체에겐/ 숨길 수가 없어 그녀는/ 나를 돌아보고 기쁜 듯이 예쁘게/ 이렇게 말했다. "주께 감사드리세요, 주님은 우리를 첫째 별로 인도해 주셨습니다."(590)

여기서 드러나는 단테와 베아트리체의 사랑은 분명 육적인 사랑을 초월한 정신적, 영적인 사랑이다. 이 대목에서는 신을 향한 같은 사랑 속에서 서로를 사랑하는 모습이 엿보인다. 어린 시절의 이성에 대한 열정은 그리스도교적 성스러운 사랑으로 승화되는 장면이다.

지옥에서 꽃피운 사랑

단테의 『신곡』은 사랑에 관한 책이다. 단테는 세속적 사랑에서 출발하여 성스러운 사랑으로 끝을 맺는다. 하지만 단테는 지옥 여행에서 잘못된 사랑을 한 사람들을 많이 보게 된다. 대표적으로 탐심은 가장 잘못된 사랑이다. 그리스도교 성인 아우구스티누스Augustinus는 누군가 어떤 인간인지 알려면 그가 무엇을 아는가보다는 무엇을 사랑하는가를 보라고 말한 바 있다. 단테는 베아트리체를 사랑했고, 탐심에 빠진 사람은 자신의 욕망을 사랑하고 있다. 탐심에 빠진 사람들은 당연히 지옥에서 고통을 받고 있다. 그런데 지옥편에는 잘못된 사랑을 했지만 단테의 연민의 대상이 된 두 연인이 등장한다. 바로 파올로와 프란체스카이다. 그들이 속해 있는 지옥의 제2원은 애욕에 빠진 사람들이 가는 곳이다. 이리저리 감정에 휘둘린 사람들이 가는 곳이어서인지, 이곳에는 바람이 휘몰아친다.

> 지옥의 광풍은 쉴 새 없이/ 망령의 무리를 휘몰아쳐 을러대며,/ 맴돌고 윽박지르며 고통을 준다./ 망령의 무리는 폐허 앞에 이르자/ 한탄 속에서 통곡을 하며/ 주의 권능을 저주한다./ 이런 형벌을 당하는 것은/ 육욕에 져서 이성을 버리고/ 죄를 범한 자가 선고받는 운명임을 알 수 있었다.(52)

이 지옥에는 클레오파트라, 카르타고의 디도, 트로이의 헬레네, 파리스 등이 고통을 당하고 있다. 그런데 여러 죄인 중에서 파올로와 프란체스카는 단테의 마음을 움직였다. "스승님, 저기 나란히 가는 두 사람은 바람을 타고 가듯 가볍게 보입니다만, 될 수 있으면 저 두 사람과 이야기를 나누고 싶습니다."(54) 단테는 그들에게 이야기를 청한다. 프란체스카는 괴로워하면서도 자신들의 이야기를 들려준다. 그녀는 "불행 속에 있으면서 행복하던 시절을 회상하는 것만큼 쓰라린 일은 없습니다."(57) 프란체스카와 파올로 집안은 상업적 이해관계 때문에 정략결혼을 준비했다. 그런데 파올로 집안의 상속자인 그의 형 조바니는 불구에다가 못생긴 외모의 소유자였다. 그래서 식장에는 형 대신에 잘생긴 동생 파올로를 내보냈다. 첫날밤을 치르고 난 프란체스카는 자신의 신랑이 파올로가 아니라, 그의 형임을 알고 크게 놀란다. 자신의 신랑이라고 생각한 파올로와 프란체스카 사이에 금지된 사랑이 생긴 것은 어쩌면 자연스러운 결과였다. 비정상적인 결혼 생활로 슬픔에 빠져 있던 프란체스카는 어느 날 원래 신랑으로 생각했던 파올로에게 뜨거운 감정을 느낀다.

> 어느 날 우리는 심심풀이 삼아 란첼로토가 어떻게 해서/ 사랑에 끌렸는지 그 이야기를 읽고 있었습니다./ 단둘이었으나 별로 꺼림칙한 마음은 없었습니다./ 그 책을 읽는 도중, 수차 우리들의 시선이 맞부딪쳐/ 그때마다 얼굴빛이 변했습니다만/ 다음 한 구절에서 우리는 지고 만 것이에요./ 그녀의 동경하던 미소에 그 멋진 연인이 입을 맞추는 구절을 읽었을 때,/ 나에게서 영원히 떠날 수 없는 이 사람은 떨면서 나에게 입을 맞추

었습니다./ 그 책을 쓴 사람은 갈레오토입니다./ 그날 우리는 더 읽지를 못했습니다.(57)

인간은 누구나 모방하는 본능을 갖고 있다. 타인의 좋은 말과 행실을 모방할 수도 있지만, 종종 잘못된 행동을 모방하기도 한다. 그들은 위험한 모방을 한 것이다. 한순간의 잘못된 선택은 그들이 돌아올 수 없는 강을 건너게 했다. 그들은 밀회를 계속해 나갔고 남편에게 결국 발각되어 비극적인 죽음을 맞이하게 되었다. 둘 사이의 비교적 단순한 스토리에 대해서 우리는 분노보다는 연민의 감정을 느끼게 된다. 그럴 수도 있겠다고 말이다. 단테도 마찬가지였다. 둘의 슬픈 사랑의 이야기에 단테는 실신하고 만다. "한 영혼이 이렇게 이야기하는 동안/ 다른 영혼은 하염없이 우니, 너무나 애처로워/ 나는 죽은 듯 넋을 잃고/ 죽은 몸이 넘어지듯이 쓰러졌다."(57)

천상의 사랑과 지옥의 사랑의 간격 좁히기

이제 단테와 베아트리체 그리고 파올로와 프란체스카의 두 가지 사랑을 비교하여 생각해 볼 차례다. 베아트리체에 대한 단테의 사랑은 어린 시절 그리고 청년기의 이성에 대한 호기심과 순수한 감정에서 시작했다. 하지만 단테와 베아트리체 사이에는 간단한 인사 외에는 전혀 교류가 없었던 것으로 보인다. 따라서 단테에게 베아트리체는 그저 멀리서 동경하는 존재였다. 단테가 육적인 열정을 그녀에 품었을 가능성은 적다. 만일 그랬다면 아무리 소심한 단테라고 하더라도 보다 적극적으로 구애를 했을지 모른다. 단테에게 베아트리체는 현실 세계 속에서도 성스러운 대상이었을 것이다. 이 성스러운 대상의 부재로 인해 그는 세속적 출세를 꿈꾸었을지 모른다. 마치 그것이 자신의 빈 곳을 채워 줄 수 있을 것처럼 말이다. 하지만 정쟁의 희생양이 되어 떠도는 신세가 된 단테에게 그녀는 위로자로서 다가온다. 베아트리체가 천국의 인도자로서 단테를 맞이하는 것이 작품의 결말 부분이다. 현세에서 이루지 못한 성스러운 사랑의 대상과의 결합이 결국 천국에서 이루어지게 된 것이다.

한편 파올로와 프란체스카 사이의 사랑은 육체적 열정에서 비롯되었다고 볼 수 있다. 키스 장면을 읽다가 키스를 하면서 평소 갖고 있었던 호감은 급격히 증폭되었다. 이런 점에서 그들은 애욕에 휘둘린 것이 사실이다. 하지만 그들이 지옥에 간 것은 단지 애욕에 빠졌기 때문이 아니다. 평범한 연인들 사이에서 키스하는 것이 죄는 아니기 때문이다. 문제는 그들이 법적, 윤리적으로 금기된 선을 넘었다는 점에 있다. 하지만 그 둘의 사랑을 법, 윤리적 잣대로 평가하기는 어려울 것 같다. 왜냐하면 프란체스카는 속아서 결혼한 것이기 때문이다. 따라서 이미 법적인 잣대를 들이대는 것이 문제가 된다. 바로 이런 점이 단테와 함께 우리가 이 두 연인에 대해서 연민을 느끼는 동시에 놀라는 되는 이유이다. 놀람을 느끼는 이유는 세상의 부조리함 때문이다. 속된 세상에서는 진정한 사랑은 비난을 받고, 거짓과 허위로 이루어진 법적 결혼은 연인을 죄인으로 만들기 때문이다. 단테를 실신하게 했던 것은 바로 이러한 놀람 때문이 아닐까?

어떤 의미에서 단테와 베아트리체, 그리고 프란체스카와 파올로 두 커플은 지옥과 천국이라는 넘어설 수 없는 공간에 머물고 있지만 모두 성스러운 사랑을 하고 있다고 볼 수 있다. 베아트리체에 대한 단테의 사랑이 애초부터 육욕에 이끌린 것이 아니라면, 둘 사이의 사랑은 고귀한 사랑이고, 파올로와 프란체스카 사이의 사랑은 육욕적인 사랑이라는 이분법으로 두 커플을 단순 비교하면 사랑의 본질에 대한 단테의 생각을 읽어 내지 못한 것이다. 글 서두에서 『신곡』 안의 나무들은 숲 전체에서 조망해 보아야 한다고 적었다.

이 작품은 지옥, 연옥, 천국으로 구성되어 있다. 이 세 차원은 세 개의 다른 공간이라기보다는 같은 공간의 세 가치 차원 또는 태도라고 해야 할 것 같다. 난해한 철학 사상을 동원하지 않더라도 이런 이해는 우리의 일상적 경험에서 확증된다. 같은 공간에서 같은 일을 하거나 관계를 맺으며 살아갈 때, 어떤 사람은 "지옥 같아"라고 말하지만, 다른 사람은 "여기가 천국이야"라고 말할 수 있다. 같은 환경에 대해서 다른 태도를 보이는 것이다. 단테의 세 공간도 이와 같은 방식으로 말할 수 있다. 지옥 같은 현세가 천국이 될 수도 있고, 천국 같지만 사실은 지옥인 경우도 있다. 이 생각을 파올로, 프란체스카 커플에 적용해 보자. 이들이 저지른 죄를 옹호하자는 것은 아니다. 하지만 부조리한 지옥 같은 현실 속에서 그들은 어쩌면 죄를 저지를 수밖에 없는 운명에 처해 있었는지 모른다. 하지만 그들은 그 속에서 그들만의 천국의 삶을 살고 있었다. 그리고 그들은 윤리적, 법적 체계 속에서는 속된 인간들로 머물고 있지만, 그들의 사랑만은 고귀하다고 말할 수 있을 것이다.

청소년 고전 수업

사랑의 모습

차지원

사랑은 동서고금의 문학 고전에서 영원히 반복되는 주제가 아닐까 싶다. 러시아 문학 고전에서도 역시 그러하다. 사실 러시아 고전은 대부분 일상적 주제보다 사회적 모순과 개인의 갈등, 인간 내면의 실존적 고뇌, 인간의 도덕적 선택과 정신적 구원 등 깊게 철학적인 주제들을 다루지만, 그러한 인간의 딜레마에 대한 최종적인 해답은 결국 사랑을 통해 구해진다. 그렇다면 인생의 의미를 규명해 내려는 러시아 고전의 무거운 주제 속에서 사랑의 모습은 어떻게 나타나고 있을까? 시대와 상황에 따라 인간의 딜레마가 다른 만큼, 또 그것을 들여다보는 작가의 세계관이 다른 만큼, 다채로운 사랑의 모습을 잠시 들여다보려 한다.

육체적 사랑은
죄?

　　러시아 문학사를 통틀어 가장 주목받은 사랑 이야기는 아마도 러시아의 대문호 톨스토이[Lev Nikolaevich Tolstoy]의 장편소설 『안나 카레니나』에 그려진 귀족 부인 안나와 연하의 상교 브론스키에 관한 것이리라. 이들의 열정적인 사랑과 비극적 파국은 많은 이들의 심금을 울리기도 했지만, 다른 한편 허락되지 않은 관계였던 이들의 사랑은 자못 많은 논란을 일으킨다. 진정한 애정이 없는 남편과 의무만 남은 결혼 생활을 이어 가다 운명적으로 사랑에 빠진 안나에게 십분 공감할 수도 있지만, 안나의 사랑은 도덕적으로 정당화될 수 없다고 비난하기도 한다.

　그런데 찬성할 수도 반대할 수도 없는, 아름답다고도 추하다고도 할 수 없는, 이 곤혹스러운 사랑이 왜 그토록 많은 이들의 관심의 대상이 되는 것일까? 그것은 안나와 브론스키의 사랑은 남달리 기구하거나 절절한 순정이 아니라 오히려 진부한 것이기 때문이 아닐까 싶다. 사회적으로 성공한 남편과의 사이에서 이미 아이까지 있는 기혼 여성이 가정을 버리고 연하의 젊은 장교와 첫눈에 사랑에 빠진다는 소위 '불륜'의 사랑은 사람이 사는 세상이라면 언제 어디에서나 벌어지는 흔하디 흔한 이야기이다. 하지만 바로 그래서 이 사랑의 모습은 대부분 진부한 삶을 살아가는 우리 모두에게 낯설지 않은 것이 된다. 진부한 사랑 너머에는 진실하게 살아가려는 사람들에게 고통을 주는 진부한 삶이 있다.

그러므로 안나와 브론스키의 사랑에 대한 감상적 동정이나 도덕적 비난을 넘어 이들의 사랑 너머에 있는 삶의 모순을 바라보아야 할 것 같다. 이들의 운명적이지만 비극적인 사랑 너머에는 결혼 제도의 타락과 사교계의 위선이라는 19세기 후반 러시아 사회의 부조리가 있다. 안나는 사랑이 아니라 사회적 관습에 의해 서로의 조건에 기초하여 맺어진 진부한 결혼 때문에, 브론스키 역시 사교계의 관습에 의해 떠밀리듯 이루어진 약혼 때문에, 즉 이들은 사회적 모순에 의해 번민하다가 서로 진실하게 마음으로 이끌리는 상대를 발견한다. 하지만 이들은 불륜에 대한 사회적 비난과 양심의 가책을 벗어나지 못하고 불행한 사랑을 이어 가다 파국을 만나게 된다.

예나 지금이나 사람 사는 사회는 그 나름의 모순과 부조리가 있을진대, 이들의 불행한 사랑을 통해 우리는 누구나 불완전한 인간이며 언제든 모순과 부조리라는 돌부리에 걸려 넘어질 수 있다는 사실을 깨닫게 된다. 안나와 브론스키의 진부한 사랑과 비극적인 파국은 삶에서 더 중요한 것은 넘어지지 않는 것이 아니라 넘어졌을 때 어찌해야 할 것인가를 곰곰이 짚어 보게 만든다.

그러나 이상하게도 우리는 진부한 사랑의 모습 뒤에 있는 사회의 진부한 모순, 그 속에 사는 사람의 불행과 고통을 제대로 직시하지 못한다. 그것은 놀랍게도 작가 톨스토이 자신의 성^性과 사랑에 대한 왜곡된 태도 때문이다. 극단적인 금욕주의를 가진 톨스토이는 육체적 열정을 전적으로 부정적인 것으로 보았다. 톨스토이에게 육체적 열정은 진실하고 진정한 사랑의 모습이 결코 아니었다.

그러므로 안나와 브론스키의 사랑의 '잘못됨'은 윤리적이고 도덕적인 차원이 아니라 이들의 사랑이 육체적 정열임을 통해 설득된다. 하지만 이들의 만남은 소위 '첫눈에 반했다'고 말하는 세상의 수많은 연인의 사랑이 시작되는 장면과 크게 다르지 않다. 안나에게 '첫눈에 반한' 브론스키의 감정은 오히려 매우 자연스러워 보인다.

브론스키는 사교인으로서 몸에 밴 감각으로 그 부인의 외모를 보고, [⋯] 그 귀부인을 다시 한번 보고 싶은 강한 욕구를 느꼈다. 그것은 그녀가 아주 미인이었기 때문도 아니고 그 모습 전체에서 풍기던 섬세한 느낌과 정숙한 아름다움 때문도 아니었으며, 다만 그녀가 그의 곁을 지나칠 때 그 사랑스러운 표정 속에 뭔가 특별히 부드럽고 상냥스러운 데가 있었기 때문이었다. [⋯] 짙은 속눈썹 때문에 강하게 빛나는 잿빛 눈은 사뭇 친근하게 주의하여 그의 얼굴을 쳐다보았다. 마치 그를 알고 있기라도 한 것처럼.

브론스키에 대한 안나의 사랑 역시 육체성을 통해 표현된다.

그녀가 브론스키에 관해 회상할 때, 어떤 내부의 소리가 '따스해, 아주 따스해, 타는 듯이 뜨거워' 하고 말하는 것 같았다.

그러나 안나가 느끼는 이러한 따스함과 뜨거움은 사랑이 사람의 몸에 가져다주는 당연한 감각이다. 따뜻함은 비단 남녀 간의 사랑만이 아니라 모든 종류의 사랑이 불러일으키는 공통적인 감각이 아닌가. 그러나 톨스토이는 이와 같은 따뜻함의 감각을 다만 육욕^{肉慾}으로 귀결시킨다. 더구나 불륜에 대한 안나의 죄의식은 윤리적인 판단이 아니라 그녀가 육체적 사랑에 관해 느끼는 수치심을 통해 표현된다.

그를 보고 있으면 그녀는 육체적으로 자신의 타락을 느껴 더는 아무 말도 할 수가 없었다. […] 수치심이라는 무서운 대가를 치르고 얻은 것을 회상해 보니, 거기에는 뭔가 무섭고 더러운 것이 있었다. 자신의 정신적 벌거숭이에 대한 수치심이 그녀를 압도하고, 그것은 곧 그에게 전달되었다.

이 대목에서 인간의 사랑이 가진 감각성과 육체성은 완전히 왜곡되고 만다. 안나가 수치심을 느낀다면, 그 사랑이 불륜이어서이지 육체적 열정이어서가 아니다. 수치심은 도덕과 윤리의 영역이기 때문이다. 그럼에도 불구하고 톨스토이는 시종일관 강변한다. "보아라, 안나와 브론스키의 사랑이 왜 '잘못된' 것인지를, 바로 이것은 육체적 열정이기 때문이다"라고 말이다.

육체적 열정은 과연 부끄러운 것인가. 그러나 사람은 정신과 육체 모두로 이루어진 존재이다. 사람이 정신과 육체 어느 하나만으로 삶을 영위하지 못하듯이 인간의 사랑 역시 정신과 육체 모두를 통해 이루어진다. 톨스토이의 왜곡된 성性 의식으로 인해 육체적 열정, 인간의 사랑이 가진 또 하나의 아름다운 모습은 어두운 죄가 되고 만다.

말하지 않아도
아는 사랑?

　　육체적 열정이어서 '잘못된' 사랑인 안나와 브론 스키의 사랑에 대비하여 톨스토이가 이상화하는 것은 『안나 카레니나』의 또 다른 등장인물들인 레빈과 키티의 서로의 마음을 완전히 알고 이해하는 사랑이다.

　소설에는 레빈과 키티의 사랑이 어떤 것인지를 설명해 주는 일화가 있다. 그것은 이들이 서로 단어의 첫 글자만을 써 보이며 상대방이 무슨 말을 하고 싶은지 완벽히 알아맞히고 이해하는 '문장 맞추기' 장면이다.

　"잠깐만 기다려요." 그는 탁자 앞에 앉으면서 말했다. "난 벌써부터 당신한테 한 가지 물어보고 싶은 것이 있었어요." […] 그는 이렇게 말하고서 다음과 같은 머리글자만을 써 보였다. '언, 당, 나, 그, 수, 없, 말, 그, 영, 그, 수, 없, 것, 아, 그, 그, 수, 없, 것?' 이 글자들은 이런 의미였다. '언젠가 당신은 나에게 그럴 수 없다고 말씀하셨는데, 그것은 영원히 그럴 수 없다는 것이었습니까, 아니면 그때만 그럴 수 없다는 것이었습니까?' 그녀가 이런 복잡한 문구를 이해하리라고는 전혀 생각할 수도 없는 일이었지만, […] "알았어요." 그녀는 얼굴을 붉히며 말했다.

"그럼 이건 무슨 뜻이지요?" 그는 '영원히'라는 뜻을 나타내는 머리글자를 가리키면서 물었다. "그것은 영원히라는 뜻이에요." 그녀가 말했다. "하지만 그건 틀려요!" 그는 얼른 자기가 쓴 글자를 지워 버리고 그녀에게 분필을 주고 일어섰다. 그녀는 '그, 나, 그, 대, 수, 없'이라고 썼다.

[…] 갑자기 레빈의 얼굴이 빛났다. 그는 그 뜻을 알아냈던 것이다. 그것은 이런 뜻이었다. '그때 나는 그렇게 대답할 수밖에 없었어요.'

[…] 레빈은 자리에 앉아서 긴 글을 썼다. 그녀는 모든 것을 알아차렸다. […] 그는 행복감으로 머리가 멍해졌다. 그는 아무래도 그녀가 쓴 낱말의 뜻을 뜯어 맞출 수가 없었으나, 그녀의 아름답고 행복감으로 빛나는 눈 속에서 자신이 알아야 할 것은 모두 알아냈다. 그래서 그는 세 개의 글자를 썼다. 그러나 그가 미처 다 쓰기도 전에 그녀는 벌써 그의 손 너머로 모두 알아채고 스스로 끝을 맺고 '네'라고 대답을 썼다. […] 이날의 대화 속에서 두 사람은 모든 것을 다 말했다.

청소년 고전 수업

레빈과 키치가 '말하지 않고도' 서로의 마음을 알아내는 이 유명한 장면은 사랑에 대한 톨스토이의 생각을 압축적으로 보여 준다. 이 '문장 맞추기' 일화는 서로의 몸으로 온기를 느낀 이후 안나와 브론스키가 수치심을 느끼는 장면과 극명한 대조를 이루는데, 안나와 브론스키의 육체적 열정에 대비되어 레빈과 키치의 이러한 정신적인 사랑이 이상적인, 혹은 진정한 사랑이라고 역설하는 작가의 의도가 엿보인다. 두 연인은 머리글자만으로 문장을 알아내고, 다 말하지 않아도 다 듣지 않아도 서로를 완전히 이해한다. 이들은 하룻저녁의 대화 속에서 '모든 것을 다 말했다'.

서로 사랑한다면, 말하지 않아도, 표현하지 않아도, 서로의 마음을 다 알 수 있다는, 혹은 다 알아야 한다는 생각이야말로, 사랑에서 가장 위험한 환상이 아닐까 싶다. 성격도, 자라온 환경도 다른 두 사람이 만나 서로를 사랑하게 되고 그것을 이어 가기 위해서는 끊임없이 서로에게 말하고 서로의 말을 들어 줌으로써 가능하지 않을까. 진정한 정신적 사랑이라면, 오히려 서로가 '모든 것을 다' 말할 수는 없고, 서로에게 '모든 것을 다' 알지 못하는 부분이 있음을 인정하고 이해하는 것, 즉 서로 다름을 인정하는 것이 아닐까.

이 세상 가장 낮은 곳에
임하는 사랑

　　　　러시아의 대문호 도스토옙스키 [Fyodor Mikhailovich] Dostoevsky는 언제나 세상 가장 낮은 곳에 있는 사람들에 관해 이야기했다. 도스토옙스키의 주인공은 대부분 대도시의 뒷골목, 도시 외곽의 빈민촌, 또는 낙후된 지방 도시 등에 사는 가난하고 불행한 빈곤 계층 사람들이었다. 가족도 없이 쓸쓸히 살아가는 하급 관리, 학비가 없어 학업을 중단하고 실의에 빠진 가난한 대학생, 퇴역한 군인, 돈으로 마음을 사려는 사기꾼들에게 둘러싸인 기댈 데 없는 고아 여성, 사회적 불의에 분노하지만 자기 신산함에 고통받는 혁명가, 알코올 중독자, 수형자, 빈곤으로 인해 거리로 나선 어린 창녀까지, 도스토옙스키의 시선은 항상 인생의 막다른 골목에 이른 이들에게 머물러 있었다.

　고통받는 이들의 삶을 통해 도스토옙스키가 말하고자 했던 주제는 무엇이었을까? 일차적으로 당시 사회의 모순에 대한 고발을 찾아볼 수 있을 것이다. 그러나 도스토옙스키가 그려낸 불행한 이들의 모습 속에서도 삶의 핵심은 언제나 사랑이었다. 빈곤한 이들에게 사랑은 사치가 아니었을까. 오히려 어둡고 더러운 뒷골목에서도, 비참한 생활 속에서도, 이들이 사람으로서 살아갈 힘을 주는 도스토옙스키의 사랑은 그의 대표적 장편소설 『죄와 벌』의 두 주인공 라스콜니코프와 소냐의 사랑을 통해 모습을 드러낸다.

가난으로 학업을 중단하고 실의에 빠져 있던 법학도 라스콜니코프는 주변의 빈곤층을 상대로 고리대금업을 하는 노파의 악행에 분노한다. 그는 '최대 다수의 최대 행복'이라는 합리주의적 원리에 따라 누구에게도 도움이 되지 않고 악한 인간 하나를 죽이는 것은 오히려 인류 다수에 행복을 가져다준다는 결론을 내리고 대의를 위해 노파를 살해하기로 한다.

라스콜니코프는 살인을 저지른 이후 깊은 회오에 빠진다. 그러나 마음속 깊은 곳에서 일어나는 무의식적인 가책에도, 검사 포르피리의 집요한 추적에도, 그는 이성과 논리를 들어 자신의 행위를 합리화하며 절대 굴복하지 않는다. 그렇게 강한 적의로 양심에 저항하던 그는 가족을 부양하기 위해 자신의 인간적 가치를 모두 포기하고 거리로 나선 소냐의 자기희생적인 사랑 앞에 무릎을 꿇는다. 마음 깊은 곳에서 고통받던 그는 소냐에게 성경을 읽어 주기를 청한다. 모두가 외면하고 천대하는 살인자와 창녀가 나사로의 부활 이야기를 읽으며 신의 존재를 온 마음으로 느끼는 대목은 이 소설의 백미로 일컬어지는 장면이다. 어두운 빈민가의 구석에서 세상 가장 낮은 곳에 임하리라 약속한 신의 사랑이 환히 불을 밝힌다.

살인으로 자신을 죽인 것이나 다름없다고 괴로워하는 라스콜니코프에게 소냐는 일어나 거리로 나아가 죄로 더럽힌 땅에 절하고 죄를 고백하라고 말한다. 그와 고통을 같이 짊어지겠다는 소냐의 사랑은 라스콜니코프로 하여금 오만하고 비뚤어진 마음의 문을 열고 자신의 살인을 범죄로 인정하고 참회하도록 이끈다.

두 사람은 폭풍이 지나간 텅 빈 바닷가에 홀로 내버려진 사람들처럼 슬픔과 비탄에 잠겨 나란히 앉아 있었다. 그는 소냐를 바라보며 자신에 대한 그녀의 사랑이 얼마나 큰지 느낄 수 있었고, 그러자 이상하게도 사람들이 자신을 그토록 사랑한다는 사실이 갑자기 힘들고 아프게 느껴졌다. […] 소냐에게 오면서 그는 모든 희망과 출구가 그녀에게 있다고 느꼈다. 자기 고통의 일부라도 덜어 보자 생각했는데, 이제 그녀의 온 마음이 그에게 향하자 문득 자신이 전과는 비교도 할 수 없을 만큼 불행해졌음을 느끼고 의식하게 된 것이다.

소냐는 자수를 결심하고 경찰서를 찾아가는 라스콜니코프의 뒤를 조용히 따르고, 라스콜니코프는 소냐의 모습을 발견하고 그녀가 영원히 자신과 함께할 것이며 운명이 이끄는 대로 세상 끝까지라도 그를 뒤따를 것을 단번에 느끼고 이해한다. 재판이 끝나고 라스콜니코프는 시베리아로 유형을 떠난다. 소냐는 그의 곁을 지킨다.

> 두 사람 모두 창백하고 초췌했다. 하지만 이 병들고 창백한 얼굴에는 새로워진 미래, 새로운 삶을 향한 완전한 부활의 여명이 이미 빛나고 있었다. 사랑이 그들을 부활시켰고, 한 사람의 마음은 다른 한 사람의 마음을 위한 무한한 생명의 원천을 간직하고 있었다.

사랑은 두 사람 모두를 구원하였다. 소냐 또한 사랑을 통해 지난날의 비참하고 수치스러운 삶을 극복하고 진정한 인간적 가치를 회복한다. 라스콜니코프와 소냐의 사랑 속에서는 고통받는 이들이 있는 세상 가장 낮은 곳에 임할 것을 약속했던 신의 사랑이 모습을 드러낸다.

사랑한다면
이들처럼

　　도스토옙스키나 톨스토이 등에서 그려지는 것처럼 구구절절한 사연이나 극적인 결말을 가진 사랑도 있지만, 러시아 문학에 나타난 최고의 사랑 이야기는 단연코 푸시킨 Aleksandr Sergcyevich Pushkin이 단편소설 『귀족 아가씨-농사꾼 처녀』에서 그려 낸 것이 아닐까 싶다. 작품이 간결하고 짧은 만큼 사랑의 모습도 단순하고 꾸밈이 없다. 러시아의 아름다운 전원 속에서 펼쳐지는 이 사랑의 모습은 마치 모차르트의 음악처럼 장난스럽지만 진실하고 단순하지만 심오하다.

　　줄거리는 사실 어디서 많이 들어 본 듯한 부분이 많다. 러시아의 대문호 푸시킨은 "러시아의 셰익스피어"라는 별명답게 서로 사이가 나쁜 두 집안의 아들딸 간의 사랑이라는 셰익스피어의 주제를 그대로 가져온다. 하지만 셰익스피어에서 비극적인 결말을 맞는 원수 집안의 두 젊은이의 사랑은 푸시킨에게서 반전을 맞는다.

　　러시아의 한 시골 마을, 서로 영지를 맞대고 있는 이웃인 두 귀족 집안, 베레스토프 가문과 무롬스키 가문은 사이가 좋지 않다. 두 집안은 각각 비슷한 연령의 아들 하나, 딸 하나를 데리고 있지만, 아버지들이 서로의 삶의 방식을 비난하며 원수처럼 지내는 탓에 얼굴을 본 적이 없다. 하지만 주인 나리들이야 그러든 말든 하인들은 서로 초대도 하며 잘 지낸다. 어느 날 무롬스키네의 딸 리자를 시중들고 있는 하녀 나스탸가 옆집에 놀러 갔다 온다. 궁금해하는 리자에게 옆집 젊은 나리 알렉세이가 매우 미남에다가 착하다고 칭찬하면서도 그가 장난꾸러기에다 약간 바람둥이라고 덧붙인다. 리자는 호기심이 발동하지만, 아버지들이 사이가 나쁜 탓에 내놓고 만날 방법이 없어 한가지 꾀를 낸다. 리자는 농사꾼 처녀처럼 변장하고 일부러 자기 집 영지와 이웃집 영지가 맞붙은 숲속으로 알렉세이를 찾아 나선다. 아니나 다를까 리자는 지루해서 항상 바깥을 쏘다니는 알렉세이를 금방 마주치게 되고, 그녀는 자신이 대장장이의 딸 아쿨리나라고 속인다. 농사꾼 아가씨라고 하지만 밝고 영민하며 분별력 있는 아쿨리나에게 단박 반해 버린 알렉세이는 그녀와의 만남을 거듭하게 되고 그녀를 깊이 사랑하게 된다.

이 작품에 그려진 사랑 이야기에서 재미있는 점은 이웃집 청년 알렉세이에게 장난을 치기 위해 농사꾼 처녀처럼 꾸민 리자의 분장과 연극이 오히려 두 젊은이가 서로의 진실한 모습을 보고 사랑에 빠지게 만든 계기가 되었다는 점이다. 귀족 아가씨로 다른 사람들 앞에서는 언제나 사교계의 예절에 따라 행동하도록 교육을 받았던 리자는 농사꾼 처녀 아쿨리나로의 분장을 통해 밝고 건강하고 꾸밈없는 본래의 모습을 드러내게 되었던 것이다.

  사랑이 그러하듯 삶도 우리의 예상을 벗어나 자기 멋대로 굴러가기 마련이다. 어느 날 리자의 아버지 무롬스키는 영지에서 말을 타다 역시 자신의 영지에 있는 숲으로 사냥을 나온 이웃 베레스토프를 마주친다. 두 이웃은 적당히 인사를 하고 돌아서 가지만, 사냥을 나온 베레스토프의 말들이 질주하는 것에 놀란 무롬스키의 말이 놀라 뛰는 바람에 무롬스키가 말에서 떨어진다. 베레스토프는 다친 무롬스키를 자신의 집으로 데려가고 무롬스키는 어쩔 수 없이 베레스토프에게 신세를 지게 된다. 두 사람은 저녁을 보내고 아침까지 같이 있다가 그만 뿌리 깊은 적대 관계를 청산하게 된다. 이들의 친교는 날로 두터워져서 곧 우정으로까지 발전하고 각자 나름의 계산을 통해 서로의 아들딸을 결혼시키기로 한다. 아쿨리나를 사랑하는 알렉세이는 절망에 빠지지만, 신분의 차이에도 불구하고 진실한 마음의 소리를 따라 결국 그녀를 선택하기로 결심하게 된다.

알렉세이는 아버지가 한번 무슨 생각을 머릿속에 담고 있으면 […] 그것은 못으로도 뽑을 수 없다는 것을 알고 있었다. 알렉세이 또한 아버지를 닮아서 그의 뜻을 움직이는 것도 마찬가지로 어려운 일이었다. 그는 자기 방으로 가서 부모의 권한이 어디까지인가에 대하여, 리자베타 이바노브나에 대하여, 그를 거지로 만들어 버리겠다는 아버지의 으름장에 대하여 그리고 마지막으로 아쿨리나에 대하여 생각했다. 그는 자신이 그녀를 열정적으로 사랑하고 있음을 처음으로 확실히 깨닫게 되었다. 농사꾼 처녀와 결혼하고 자신의 노동으로 생계를 이어 간다는 소설적인 생각이 그의 머릿속을 파고들었다. 그러나 이 단호한 행동에 대해 생각하면 할수록 그는 그것이 매우 분별 있는 생각이라고 여기게 되었다. […] 그는 아쿨리나에게 가장 명확한 글씨체로 가장 미친 듯한 문체로 편지를 썼다. 그는 그녀에게 그들을 위협하는 파국에 대해 알리고 곧바로 그녀에게 청혼하였다.

사실 리자의 변장과 연극은 리자의 본질만을 드러낸 것이 아니다. 리자가 변장한 농사꾼 처녀 아쿨리나에 대한 사랑으로 그동안 내면에 숨겨졌던 알렉세이의 진정한 모습 역시 나타난다. 귀족 청년으로 고된 노동과 담을 쌓고 살며 무위 속에서 목표도 방향도 찾지 못했던 알렉세이는 아쿨리나를 선택하면서 비로소 자기 삶의 주인이 된다. 스스로 사랑을 선택하고 아버지가 강요한 결혼을 거절하기 위해 이웃집을 찾아간 알렉세이는 아버지가 정해 준 상대 귀족 아가씨 리자가 바로 자신이 사랑하게 된 농사꾼 처녀 아쿨리나와 같은 사람임을 발견하게 된다. 진실하게 사랑하는 이들의 포옹은 러시아 문학에서 그려지는 최고의 해피 엔딩일 것이다.

> 그는 들어갔다… 그리고 기둥처럼 우뚝 섰다! 리자… 아니, 아쿨리나, 사랑스러운, 거무스레한 아쿨리나가 사라판이 아니라 하얀 실내용 드레스를 입고 창가에 앉아서 그의 편지를 읽고 있었다. 그녀는 너무 깊이 몰두해서 그가 들어오는 기척도 듣지 못했다. 알렉세이는 너무나 기쁜 나머지 탄성을 지르지 않을 수 없었다.

이 최고로 행복한 사랑의 모습에 대해 작가는 마지막 암시를 남긴다. "독자분들께서는 결말을 묘사해야 하는 쓸데없는 의무에서 나를 놓아주시리라 믿는다." 맞다. 해피 엔딩에 더 이상의 이야기가 필요 없듯이 진실한 마음으로 이루어지는 사랑이란 거두절미 그냥 '사랑'일 뿐 구차한 변명이나 구구절절한 상황에 대한 설명 같은 '계산'이 필요 없는 것이다.

러시아 문학사상 전무후무한 최고의 천재 작가로 사랑받는 작가 푸시킨은 최고의 예술적 원리로 '높은 단순성'을 언급한 바 있다. 여기에는 또한 '생활은 단순하게, 생각은 높게'라는 삶의 원리가 암시되어 있다. 이로부터 또한 리자와 알렉세이의 사랑이 증명하듯이 높고 이상적인 사랑은 기실 단순한 것이라는 진리가 짐작되지 않을까.

사랑이라는 단어는 하나지만, 사랑의 모습은 여럿이다. 세상의 수많은 사람이 각자 서로 다른 삶을 살아가듯이, 사랑의 모습 역시 세상에 존재하는 삶의 모습의 숫자만큼 여럿이다. 사실 사랑을 미리 정의할 이유도 없고 앞서 규정할 필요도 없을 것 같다. 우리에게 다가오는 사랑의 모습은 바로 우리 자신이 살아가는 모습과 똑 닮았기 때문이다. 아름다운 사랑을 꿈꾸거든 아름답게 살 일이다.

청소년 고전 수업

1판 1쇄 발행   2023년 8월 31일

지은이   서울대 인문학연구원 고전매트릭스연구단
발행처   도서출판 혜화동
발행인   이상호
편집   이희정
주소   경기도 고양시 일산동구 위시티3로 111, 202-2504
등록   2017년 8월 16일 (제2017-000158호)
전화   070-8728-7484
팩스   031-624-5386
전자우편   hyehwadong79@naver.com

ISBN 979-11-90049-37-5 (43800)

※ 이 책은 2022년 대한민국 교육부와 한국연구재단의 지원을 받아 수행된 연구임
(NRF-2022S1A5C2A04093621)